CW01582418

ALLIANCE FRANCAISE DE MANCHESTER

Alliance française de Manchester
2574

La vie de ma femme

ALLIANCE FRANCAISE DE MANCHESTE

DU MÊME AUTEUR

Romans

Le bateau de mariage, *Le Seuil, 1988*
Clément chez les calmistes, *Le Seuil, 1991*
Casser, *Le Seuil, 1994*
La roseraie, *Fayard, 1997, Le Livre de Poche n° 14679*
La messe des chiens, *Stock, 2000*
Une maison n'est rien, *Stock, 2003*

Poésie

Un lièvre en son gîte, *Folle avoine, 1982*
Humeur vitrée, *Folle avoine, 1984*
Littorines, *Motus, 1988*
La retraite aux flambeaux, *Folle avoine, 1991*
Le verlan des oiseaux, *Motus, 1995*
Le rap des rats, *Motus, 1999*
Mes poules parlent, *Motus, 2004*

Essais

Cherbourg, *Champ Vallon, 1986*
Leipzig, *Champ Vallon, 1991*
Val de Saire, *photographies de Norbert Girard, Isoète, 1996*
Édition commentée de La Bête et la Belle *de Thierry Jonquet, Bibliothèque Gallimard, 1998*
Presqu'île du Cotentin, *en collaboration avec Maurice Lecœur et Norbert Girard, Isoète, 1999*
Édition commentée du Petit vieux des Batignolles *d'Émile Gaboriau, Bibliothèque Gallimard, 2001*

Michel Besnier

La vie de ma femme

roman

Stock

ISBN 10 : 2-2340-5956-9
ISBN 13 : 978-2-2340-5956-6

© Éditions Stock, 2006

À Lionel et Frédéric

1. Je me lance donc dans la biographie de ma femme, née Anne Brisart. Plaisanter avec les noms propres est d'un goût douteux, mais comment y échapper ou résister ? À cause de la marque de liqueur, on n'a pas manqué de t'appeler Marie. De ton côté, il t'est arrivé d'écrire « Brise-art ».

2. Tu as débarqué avec, jour pour jour, un an de retard, le 6 juin 1945. De surcroît loin de la mer, dans un village du Doubs, Bregilley. Les historiens et monographes locaux ont rapproché le nom d'un quartier de Besançon, Bregille, et celui d'une autre commune, Gilley, mais ils n'ont ainsi rien prouvé. Pour parler d'eux-mêmes, les habitants du village disent « les Bre » comme s'il s'agissait d'une famille. Mais on entend aussi « les Breux », presque « Les Preux » : ils ont une assez haute idée de leur singularité et de leur valeur.

3. La mort brutale de ta mère, en juin 2002, a bouleversé mon projet. Je voulais l'interroger, regarder avec elle des albums de photos. Quand je reviens chez toi, dans cette maison qu'on continue à appeler la boulangerie bien que ton père ait pris sa retraite, ta mère est partout. Celle qui devait être un témoin, une mémoire, est devenue un autre objet d'interrogation, d'enquête.

4. Elle est morte en dormant, sur le petit divan, dans la cuisine. Ton père triait des vis et des boulons rouillés, mélangés dans une vieille caisse en bois. Il ne s'est aperçu de rien. Était présente aussi Thérèse, la veuve du garde forestier. Elle s'était étonnée de l'immobilité de la couverture, mais ton père n'avait fait aucun cas de cet étonnement. Elle est morte comme une femme que la vie n'intéressait plus. L'institutrice, la boulangère, l'épouse, la mère étaient fatiguées, de cette fatigue qui laisse paisiblement le sang et le silence se répandre dans un corps. Après deux jours de grippe intestinale, une rupture de l'aorte a dit le médecin. Peu de temps avant, ton père avait fauché un jeune noisetier auquel ta mère tenait. Tu penses que la faux a coupé l'aorte.

5. Parler de ta mère, c'est parler de toi. Il faudrait que j'interroge ses vieilles amies.

Comment était cette Gisèle Alf à l'École normale de Besançon ? Comment était cette jeune institutrice quand elle arriva à Bregilley, pendant la guerre, quand exactement ?

6. L'une des singularités de ta mère est d'avoir fait deux métiers. D'avoir, institutrice, aidé, plus qu'aidé son mari boulanger. Elle quittait la classe pour le four ou la boutique, passait de la craie à la farine, du livre au pain : un personnage pour Péguy. Elle recevait les représentants, feuilletait les catalogues de friandises, aidait à enfourner, brossait les miches, faisait les comptes et vendait, sans préoccupation déontologique, des bonbons à ses élèves.

7. Quand nous venons à Bregilley, depuis que ta mère n'est plus là, je fais la cuisine. J'entre dans son domaine, j'utilise ses casseroles que vous appelez « cassets », la louche que vous appelez « pochon ». Toute une vaisselle anormalement lourde ou trop légère. Ton père ne dit jamais « c'est bon ». Au mieux, il concède « c'est pas mauvais ce commerce ». Il ne fait pas la vaisselle, ne l'essuie pas. Chacun son rôle. Du temps de la boulangerie, il fabriquait le pain, ne le vendait pas. Les hommes produisent, les femmes vendent, cuisinent, nettoient. Ton père m'apporte une salade, un chou-fleur. Son travail est fini, le mien commence, je suis du côté des femmes.

8. Fille d'une institutrice et d'un boulanger : cohérence d'une origine populaire mais division culturelle. L'école et la boutique, le service public et l'entreprise privée, les revues pédagogiques et les cours de la Bourse, le savoir désintéressé et l'âpreté du commerce, tu résultes de cette étrange alliance.

9. J'ai lu, à cause du titre, *Mademoiselle Giraud ma femme* d'Auguste Belot. Dans ce livre plus que centenaire, l'auteur m'aurait-il devancé ? Pas du tout, il ne s'agit que d'une fiction où le narrateur se marie avec la magnifique Paule Giraud. Elle se refuse à lui. Le pauvre homme met beaucoup de temps à découvrir que son épouse non consommée aime une femme, depuis le couvent. Je me suis trompé sur le sens de ce titre où « mademoiselle » appartient au présent conjugal. Avec une tout autre intention, je pourrais intituler ce livre *Mademoiselle Brisart ma femme*. Tes couvents, j'en parlerai plus tard.

10. Par où commencer ? Jusqu'où aller ? Dans quel ordre faut-il faire apparaître les personnages ? L'ampleur et la folie de mon entreprise m'ont plus d'une fois découragé. Mais quand un découragement dure quatre ans, on finit par y trouver la raison d'un courage.

11. Je prends au hasard la biographie d'une femme, pour voir. *Romy Schneider* par Françoise Arnould et Françoise Gerber. Le livre commence par la rencontre entre François-Joseph, en 1912, et Rosa Rhetty, célèbre actrice et future grand-mère de Romy. On apprend ensuite comment Rosa a épousé le lieutenant Karl Arbach. Comment leur fils Wolf, comédien, a épousé la comédienne Magda Schneider en 1936. Romy naît à la page 27 et passe ses premières années dans les Alpes de Bavière, à quelques kilomètres du nid d'aigle d'Hitler... Dois-je évoquer dès maintenant tes grands-mères ? L'une, la paternelle, était la femme du boulanger Joseph Brisart. L'autre tenait une auberge au bord du Doubs, aux Marsots. On y mangeait de la friture. Des deux côtés, travail et nourriture, travailler pour se nourrir en vendant de la nourriture.

12. Ce n'est jamais original de naître. En 1945, c'est banal. La preuve, ton biographe a vu le jour la même année, comme toutes celles et tous ceux du *baby-boom*. Conçus sur fond de musique américaine, chewing-gum collé sous le bois de lit. Un pied dans la guerre, un pied dans la paix. Sans rationnement aucun, on nous a gavés de Pétain et de Gaulle, de collabos et de résistants, de nuit et de brouillard. On nous a reproché de ne pas avoir connu les privations, d'être privés de la vraie valeur des choses, d'ôter du fromage

une peau trop épaisse. On nous a promis, en punition, une autre guerre, mondiale encore mais autrement plus costaud, la troisième et vraiment dernière. Quand tu es née, cela faisait un bon mois qu'Hitler était mort.

13. Peu importe que les croyances ou théories soient ou non fondées. Il suffit qu'on leur accorde quelque crédit pour qu'elles exercent une influence. Ainsi, tu appartiens à la catégorie des Gémeaux et tu mets cette donnée sur le même plan que ta constitution génétique. Il faut admettre que, parmi les vivants et les morts, tu reconnais le Gémeaux comme le numismate une pièce de monnaie. Entre tous les caractères attribués à cette espèce, tu privilégies l'extrême sensibilité à la question du temps qui passe, fuit, fait des volutes. Tu t'ingénies à défendre et illustrer cette certitude.

14. J'ouvre une autre biographie de femme, *Colette* par Herbert Lottman. Le premier chapitre, « Le vrai village », présente Saint-Sauveur-en-Puisaye. Dois-je décrire Bregilley ? Un instituteur, Mancel, consacra un livre à ce village en 1932. On y apprend que tu es née à 4°3' de longitude est et à 47°3' de latitude nord. Depuis le point culminant de la commune, la Roche du Vieux, on peut voir les Alpes par temps clair. Dans cette région de *La Guerre des boutons,* il importe

d'être de tel village. Tu n'es pas de Lods, pas de Passonfontaine, pas de Longemaison, pas de Montbenoît, tu es une fille de Bregilley. Si l'esprit de clocher est dérisoire, tu as connu dans ton enfance une vie communautaire, ritualisée et rythmée par le chalet, l'église, les foins, la neige, les champignons, les conscrits. Quand est décédé un natif du village devenu fromager en Savoie, les Bre ont affrété un car pour aller à son enterrement.

15. Moi qui suis né au niveau de la mer, dans un bout de presqu'île, je vais parler d'un monde sans crabes, sans congres, sans pieuvres, sans marées, sans chalutiers. Dans « Jours gris », Colette évoque subtilement la relation entre deux êtres de pays différents. On peut jalouser le pays de l'autre, le détester, le rejeter pour se réfugier dans le sien. Ou l'amour fait accepter l'autre pays : « Je vais cueillir sur la grève les fleurs de ton pays apportées par la vague. » Entre nous la relation est inverse. Je suis du côté de la mer, de l'algue et du sable, tu es du côté des bois, de l'herbe, des taillis. Tu me fais changer de bestiaire, passer du homard au blaireau, du colin au brochet.

16. Plus difficile encore, je ne sais pas ce que c'est, une petite fille. Je n'en ai pas fréquenté, je n'en ai pas eu. Dans le métro, dans le bus, dans les jardins publics, je m'efforce de ne pas regar-

der trop fixement les gamines, par les temps qui courent... Il me faut oublier les frondes, les fusils, les voitures et les ballons de foot pour parler d'une pisseuse, de ses poupées, de ses poupards, de ses chiffons, de ses dînettes.

17. J'appelle « roman » cette biographie parce que ma vraie matière est tout ce que je ne sais pas. J'ai la chance de disposer de toutes ces lettres que tu as conservées, de tes collections, de tes livres, de tes rédactions, de tes dissertations, de tes agendas, de tes cahiers... Mais la vie glisse entre ces documents, insaisissable comme l'eau entre des roches. C'est pourquoi je renonce à l'illusion d'une continuité. Je cherche à constituer et à rassembler des « pièces », comme on dit pour un puzzle ou un dossier. La preuve d'amour est plus dans ce travail, dans cette curiosité vibrante, que dans une déclaration.

18. Heureusement, tu n'as pas été atteinte, et cela m'étonne un peu, par la fièvre généalogiste. Ce n'est pas le goût du moindre effort qui provoque ma satisfaction, mais l'allergie au poids obscur des ancêtres. Au-delà de tes grands-parents, tu ne sais presque rien, et c'est très bien ainsi.

19. Je continue à consulter des biographies de femmes, pour voir comment elles commencent.

Sophie de Ségur, née Rostopchine, l'inoubliable Comtesse, par Marie-Louise Audiberti. Dans l'avant-propos, l'auteur cite la *Biographie générale* éditée par Firmin Didot en 1864, une sorte de *Who's Who* : « Eugène de Ségur a épousé en 1819 l'une des filles du comte Rostopchine, une personne d'esprit aimable et cultivé qui publia plusieurs livres agréables sur la jeunesse. » Seul point commun avec toi, l'esprit aimable et cultivé. Pour le reste, pas de familles illustres, pas de comte, pas de général.

20. Ta grand-mère paternelle, Ernestine, était déjà fille de boulanger. Elle épousa Joseph Brisart, mitron chez son père. (Est-ce bien raisonnable d'épouser un employé ?) Elle semble avoir eu peu de tendresse pour son mari, pour les hommes en général dont elle disait pis que pendre. Elle eut probablement de l'amour physique une vision diabolique. Fort pieuse, elle collectionnait les images, les médailles, les chapelets, les croix, tous objets bénits et indulgenciés. Elle était abonnée à une quantité de revues comme *Le Propagateur des trois Ave Maria.* Des mères reconnaissantes y témoignaient : une neuvaine à Notre-Dame avait été suivie d'une guérison que les médecins n'espéraient plus. La page de bibliographie conseillait *Le Mystère des stigmatisés* (*de Catherine Emmerich à Thérèse Neumann*) ou la *Liste des hôtels recommandés au clergé et aux*

familles. Un prêtre, l'abbé Hamon, soignait avec des plantes le diabète, l'albumine, l'anémie, l'obésité et l'etc. Huit ou neuf pages énuméraient des noms ou des initiales de donateurs qui ajoutaient parfois une formule de motivation : « Elle sait pourquoi », « Qu'Elle me délivre des scrupules », « Avec l'espoir que N.-D. me ramènera un cœur perdu ». Les institutrices privées du Tremblay envoyaient quinze francs, contenu de la bourse d'une petite abonnée défunte... En ce temps-là, dans cette partie du Doubs que l'on appela « petite Vendée », religion et superstition faisaient bon ménage. Ernestine noya un chat roux, incarnation de Satan. Tu revois la bête à la surface de l'eau, dans un baquet que vous appelez « seille ». Avec d'autres femmes comme elle vêtues de noir et de gris, elle racontait des histoires effrayantes, de jeunes filles enterrées alors qu'elles n'étaient pas mortes. Elles se réveillaient dans leur cercueil, criaient dans le silence de la terre de Bregilley, se mangeaient un bras. Les copines de ta grand-mère parlaient d'une femme qui, se prétendant au-dessus des croyances, allait par bravade faire du tricot dans le cimetière, jusqu'au jour où une aiguille lui perça le cœur. Aussi d'un homme sceptique qui avait dit « Si j'existe encore après ma mort, je viendrai vous faire signe ! » Dans des arbres creux, certains avaient cru entendre des coups. Les amies d'Ernestine s'appelaient l'Anna ou l'Angèle. Elles parlaient patois, tu ne comprenais pas tout.

21. Je ne veux pas faire un vilain jeu de mots, la vérité m'oblige à dire que ton grand-père Joseph, boulanger, était un bâtard. Fils d'un médecin qui ne se contentait pas d'ausculter. Un brave type l'avait reconnu et élevé, lui avait donné son nom, Brisart. Joseph arriva comme mitron à Bregilley… C'était un homme qui parlait peu mais jurait interminablement quand la pâte collait sur la pelle : « Mille milliards de millions de wagons de bordels de bon Dieu de merde… » Rien sur sa campagne de Salonique, il se taisait près d'une fenêtre. Parfois il te donnait une pomme ou une poire qui avaient un grand prix. Il élevait un cochon, à côté du four de la boulangerie… Joseph Brisart est mort d'une hémorragie cérébrale en 1954. Pendant le souper, il a dit « c'est drôle, je ne trouve pas mon verre ». Avec ta mère, vous êtes allées prévenir sœur Marie-Luce, très gentille et seul pouvoir médical de Bregilley, il faisait froid. Ta mère t'a dit de te coucher, tu as appris la mort du grand-père le lendemain. Il avait un filet de sang au coin de la bouche, un bandeau verticalement passé autour de la tête comme, dans les dessins de presse, les victimes d'une rage de dents. Tu n'as aucun souvenir de l'enterrement mais, après, seule, tu es allée sur sa tombe. Il n'avait jamais

joué avec toi, ne t'avait jamais vraiment parlé. Simplement, il n'avait pas été méchant.

22. Ernestine et Joseph eurent trois enfants. Ton père vint le deuxième, après Jean, qui deviendra instituteur, et avant Élisabeth, qui deviendra professeur de lettres classiques à Paris. J'aime quand l'histoire ou la légende des familles rejoint les fables archaïques. Comme ils approchaient de l'âge de la communion ou venaient de la faire, Joseph réunit ses enfants, à la manière du laboureur de La Fontaine. Non pour leur dire qu'il fallait travailler et prendre de la peine, ils le savaient déjà. Mais pour leur faire part de ses projets, de ses décisions quant à l'avenir. « Marcel sera boulanger. Il travaillera avec moi sans être payé, mais le fonds lui reviendra. Jean et Elisabeth feront des études. » Cela lui semblait une juste répartition des moyens et des rôles, du commerce équitable. Le souvenir ou l'oubli de ce contrat oral, les conceptions différentes du droit et de ses droits provoqueront, bien plus tard, de graves crises. Des béquilles agitées, des dentiers crachés, des portes claquées, des démarrages en trombe, des promesses de ne plus jamais se revoir. Dans ces cas-là, on ne pense pas aux enterrements à venir. La mort est plus forte que la chicane, on se retrouve, on s'embrasse. Le lendemain, la brouille a repris sa place.

23. « Mémère », ce n'est pas un prénom. J'ai dû te demander le petit nom de ta grand-mère maternelle, que tu appelles toujours « Mémère Alf » : Juliette. Une Mère Courage, cette femme-là. Trois frères morts à la guerre, un mari mort jeune, six enfants à élever, une auberge à tenir, cette belle maison des Marsots, rendez-vous des pêcheurs, paradis d'eau, de verdure, de tables et de bancs en plein air. (L'auberge deviendra une discothèque, quelle déchéance ! et brûlera comme Sodome.) L'arrière-grand-père et un grand-oncle Alf se sont noyés dans le Doubs, au même endroit, la même année. Qu'un père et un fils se noient ainsi, cela nourrit le sens du destin et du romanesque. Ta grand-mère avait été amputée d'un doigt, à la suite d'une morsure de chat ou de lapin. Tu ne sais quasiment rien du grand-père Alf, d'origine suisse. Lors de disputes, Marcel reprochait à sa femme cette ascendance helvétique, cette sonorité germanique, jusqu'à dire « sale tête de boche ! »

24. Tes parents t'ont-ils parlé de leur rencontre, de leur idylle, de leurs fiançailles ? J'imagine une jeune et jolie institutrice qui vient d'arriver à Bregilley. Elle a franchi la montagne, elle est de Morteau, de Montlebon, par là. Pas le choix, elle prend son pain chez Brisart. Le fils du patron vient plus que de besoin à la porte. Il apporte ou reprend une brosse, oublie un panier, dit des

mots sur le temps qu'il fait ou qu'on vit, c'est la guerre, l'Occupation. Et puis des mots hors du magasin, où ? Peut-être au pied de la croix ou lors d'une rencontre entre cyclistes, sur la montagne. Marcel a arrêté ses études au certificat à cause de la décision paternelle qu'il a transformée en choix, en théorie : les études ne servent à rien, on y perd son temps, il vaut mieux apprendre un vrai métier, un métier manuel. Mais tout de même, une institutrice, c'est charmant, surtout quand elle n'est pas bégueule et sait coudre. Elle a, tout le monde s'en souvient, des doigts de fée. Elle fait aussi de belles tartes. Elle a les cheveux drus, presque noirs, fait du ski, marche dare-dare le long des talus, une sacrée santé, un beau brin de pédagogue. Elle saurait faire les écritures, la comptabilité, elle a de belles jambes, elle est gaie, elle chante bien, elle s'appelle Gisèle. Une amie de l'École normale, passant par Bregilley, l'a appelée Gigi. C'est rigolo, Gigi. Pour un mitron, il est flatteur de séduire une maîtresse d'école. Il n'était pas mauvais en classe, Marcel, avec M. Jeannin, l'instituteur que tout le monde craignait, qui pouvait disparaître trois jours pour faire la java sans qu'aucune plainte parentale ne s'ensuivît. Doué pour la peinture, le boulanger étonnait avec ses gouaches, oiseaux, biches, sangliers, lapins, poissons dont il trouvait le modèle dans des revues. Le museau des mammifères manquait un peu d'expression mais il réussissait, pour les sous-bois, des vibrations et des transparences de verdure. À vingt ans, il avait le corps musclé par le vélo et la manipulation des sacs de farine, pas encore déformé par les heures debout devant le pétrin. Bref, tes parents étaient beaux et ils se sont aimés. Il te revient de cette période de ta préhistoire une image romantique, Marcel et Gisèle skiant au clair de lune, sur de simples planches en bois.

25. Vint le temps du Service du travail obligatoire. Marcel n'était pas un résistant comme son frère, mais il ne voulait pas aller en Allemagne. Il n'a jamais aimé voyager. Pour continuer à vivre et travailler au pays, il s'est caché dans une ferme, sur la montagne. La clandestinité complique la fréquentation des amoureux. Marcel descendait-il la nuit au village, en coupant à travers bois et marais ? Gisèle allait-elle herboriser sur la montagne ?

26. Retrouvé un numéro de *Votre beauté* de 1940. Il m'aide, plus qu'un film, à sentir le climat de ces années. Couverture : « Pour améliorer la poitrine, un moyen original : le ressort de sommier. » Une femme s'applique sur le sein gauche une spirale métallique. Sa main et son bras sont disposés de manière à cacher les mamelons. Elle porte une culotte qui monte très haut, au-dessus du nombril. Éditorial : « Ce papa qui se bat pour

garder un foyer à sa petite fille, n'a-t-il pas mérité de retrouver, dans cette harmonieuse maison, la guerre finie, la femme qu'il y a laissée, telle qu'elle était quand il est parti ? Voilà pourquoi, contre les invisibles ennemis de votre beauté, vous dresserez ces trois consignes : se réserver, s'entretenir, se défendre. » La beauté relève de l'effort de guerre, du patriotisme. Pour le jour où « il » reviendra en permission, Gardénia de Chanel, Guerlilas de Guerlain, Jasmin de Corse de Coty.

27. Quand tes parents se sont mariés, les Allemands étaient encore dans la région. Impossible de faire le repas à l'hôtel Bulle. Il eut lieu à la boulangerie dont on avait soigneusement calfeutré portes et fenêtres, bouché tous les possibles passages de la lumière avec des journaux, des cartons, des couvertures, des chiffons. Un mariage de couvre-feu.

28. Tu es née dans la maison commune de Bregilley, immense bâtisse du Second Empire qui abrite les locaux de la municipalité, les salles de classe, les logements des instituteurs et trices, à deux pas de l'église et du presbytère. Tes parents habitaient au deuxième étage, ils descendront au premier quand ta mère deviendra directrice. Elle accoucha avec l'aide d'Adélaïde Bépois, agricultrice et sage-forte-femme qui connaissait tous

les cas de figure et de siège, démêlait toutes les situations, tous les cordons. À la naissance de tes fils, elle te fera un cadeau, une timbale. Premier enfant et enfant de l'amour, tu as dû être choyée. On te coucha dans un petit lit en bois fabriqué par ton père, ta mère t'allaita, tu avais une bouche minuscule, mignonne, un bouton de fleur. Quand des moutons bêlaient, ta mère ne fermait pas l'œil de la nuit, croyait t'entendre pleurer. Tu avais pour doudou ton index replié, que tu as sucé jusqu'à quatorze ans. Je ne veux pas pour l'instant ouvrir les albums de photos. C'est qui ? C'était quand ? Où ? Ces questions risqueraient de me disperser. Tu étais une jolie lardonne dans ses langes et faisais tout ce qu'on fait à cet âge.

29. J'ai remis la main sur le cahier où ta mère tenait son journal d'éleveuse d'enfant. Un cahier d'écolier de marque « Le Calligraphe ». Sur la couverture, légèrement quadrillée par un motif en tressage de chaise, un globe terrestre au-dessus duquel plane une colombe. Au niveau de l'équateur, un avion bimoteur. L'appliqué de l'écriture, la fréquence et la précision des notes, quel sérieux ! Ta mère consigne les dates, les poids, les sourires, les comportements nouveaux, la percée des dents. Carnet de santé maison où s'ajoutent réflexions, interrogations, éléments d'une chronique familiale. On sent l'institutrice qui s'est initiée à la comptabilité de la boulange-

rie, aux colonnes de chiffres, aux bilans ; surtout la mère attentionnée, émerveillée et inquiète, qui fait un voyage en pays inconnu.

Début de ce journal : « Naissance le mercredi 6 juin 1945 à 6 h 30 du matin. Accouchement un peu long (de 1 heure 30 à 6 heures 30). Treize jours de lit. Un peu de fièvre. Grosse fille de 7 livres. Teint clair. Longs cheveux châtain foncé. 8 juin : premiers sourires. 19 juin : éruption de boutons aux jambes, au cou et au front. 26 juin : boutons des jambes disparus. Éruption continue au corps et au front. 28 juin : très gentille. Crie aux heures des tétées et le matin dès 4 heures 30 ou 5 heures (première tétée à 6 heures, dernière à 9 heures le soir). 1er juillet : baptême. Anne arrosée dignement. 5 juillet : première sortie, à 1 heure. 6 juillet : Anne a un mois. Elle a poussé de 410 grammes. Toujours des boutons au front. 12 juillet : Anne a poussé de 165 grammes en cinq jours. Première photographie dans la cour avec sa maman. 14 juillet : nous emmenons Anne à Morteau par le train. Son premier voyage ! Heureusement, il fait beau. 16 juillet : nous sommes de retour. Anne se plaît en voyage. Celui-ci ne l'a pas dérangée du tout. Tout le monde aurait voulu la garder. Elle est prise en photo de nombreuses fois. »

Quelle star ! L'historien de la maternité notera que les accouchées restaient alitées plus longtemps qu'aujourd'hui. L'historien des transports notera que vous êtes allés par le train à Morteau (Pierre Bulle, qui faisait taxi, avait dû vous conduire à la gare de Longemaison). Le lecteur sensible aura de la tendresse pour ta mère et voudra voir l'une de tes photos.

« Anne arrosée dignement » : ton père a pris une sacrée cuite le jour de ton baptême. Ordinairement, il ne boit pas. Mais, dans les grandes circonstances, une fois lancé il ne s'arrête plus. Tu as pour marraine Valérie, une amie d'enfance de Gisèle Alf. Modiste de son état, ce qui lui va à ravir tellement elle représente un idéal d'élégance, de finesse, de goût. Tout ce qu'elle touche devient précieux, soie, porcelaine. Tu as pour marraine bis sa sœur, Louise, autre type de femme, plus moderne. Elle dirige une entreprise, vend du bois, achète des camions, met des bottes, commande aux hommes s'il s'agit de ses ouvriers, boit et jure avec eux s'il s'agit de relations d'affaires ou de compagnons d'équipée. Tu aimeras ces deux femmes et leur association. La femme textile et la femme forestière, ongle pointu et ongle court, deux modèles. En quête d'une féminité moderne, tu emprunteras des éléments à l'un et à l'autre, mais en privilégiant le premier pour le style de vêtement, de geste et de parole.

En juillet, tu ne te contentes plus de « rire aux anges ». En août, tu deviens « de plus en plus intéressante ». Ta mère compare ton poids à celui de Pierre Billod, fils du marchand de vin, né le même jour que toi. (C'est un garçon, il est plus lourd.) En septembre, tu ris et gazouilles. En octobre, tu t'amuses avec tes mains, avec ton hochet, avec le corsage de ta mère et les cheveux de ton père. Début décembre tu dis « Papa », fin décembre tu dis « Maman ». Le 6 juin 1946, tu as un an. À cette date, un constat m'intrigue : « Elle ne pleure jamais, ni quand on la gronde ou la fouette, ni quand elle se fait mal. » Une enfant choyée et objet de tous les soins aurait été « fouettée » ! Tu prétends qu'il s'agit d'un problème de langage, que ta mère voulait dire « corrigée », voire « tapée ». Mais ta mère connaissait le sens des mots, et je ne crois pas qu'en français et franc-comtois « fouetter » et « taper » soient synonymes. Si tu n'as pas souvenir d'éventuelles corrections datant de ton premier anniversaire, tu revois bien le martinet, accroché à côté du fourneau, une ceinture de cuir détressée. Quand tu craignais des représailles, tu t'enfermais dans les WC. Dès l'âge d'un an, tu étais stoïque, résistante face à l'agression et à la souffrance. Ce n'était qu'un début.

30. Dans une vieille trousse, tu as retrouvé des pièces de monnaie que ta mère utilisait pour vous peser, des pièces de dix francs des années trente. Tu ne sais pas si elles servaient de poids ou de tare. La première hypothèse est la moins vraisemblable

mais la plus réjouissante : un enfant pesait tant de francs, plus il grossissait plus il valait cher.

31. Bien sûr, je te demande quels sont tes souvenirs les plus anciens : des images de soleil, des bains dans des bassines, dehors, dans la cour de l'école, le dimanche, un bonheur d'air et d'eau. Ta sœur Pierrette est déjà là, née vingt mois après toi. Tu n'as pas de souvenirs sans elle.

32. Un autre vieux souvenir : à la maison commune, tu t'accroches et te crispes aux barreaux de fer de l'escalier. Tu ne veux plus aller au jardin d'enfants, que vous appelez « asile », à cause de sœur Marie-Marthe. Elle ne t'aime pas, tu ne l'aimes pas. Au jeu de la pêche à la ligne, elle ne t'accroche jamais de lot. Sorte de petit Jean-Jacques Rousseau en jupette, tu ressens à vif l'injustice. Il n'est pas anodin que tu aies eu très tôt des griefs à l'égard du personnel religieux.

33. Je ne peux m'empêcher d'établir un lien entre l'enfant dont je parle et la femme qu'elle deviendra, qu'elle est devenue. Je vois des débuts, des annonces, des « déjà-là ». Ta manière de t'accrocher aux barreaux de l'escalier en fait partie. Une volonté crispée comme en ont certains animaux, indélogeables malgré les aboiements, les crochets, les fumées, admirables de ténacité,

horripilants si l'on est de ceux qui veulent leur faire lâcher prise. (Moi j'aurais été de ton côté, je t'aurais défendue, aidée, j'aurais mordu !)

34. À l'asile, l'hiver, vous chantiez, en sautant sur les bancs, « La charge de Reichshoffen ». Vous disiez « réchauffette », c'était bien le but de l'exercice. (Votre région a été très marquée par la guerre de 70. D'une troupe en désordre, vous dites « c'est l'armée Bourbaki ! ».) Sinon, tu ne sais plus qui étaient tes compagnons d'asile ni à quoi vous passiez votre temps. Un grand flou avec au milieu une méchante sœur Marie-Marthe.

35. Pourrait-on, comme Rabelais avec le jeune Gargantua, faire la liste de tes jeux ? Ce serait bien plus court. Tu avais appelé une poupée Gisèle et laissé ton poupard sans nom. Habiller et déshabiller du Celluloïd, ce n'est pas très varié. Tu jouais à la marchande et postulais que les fruits de la mauve étaient des fromages. Tu jouais à la dînette, à l'infirmière, à la marelle, à la balle contre un mur. Mais ces jeux rencontrèrent précocement la terrible concurrence de la lecture.

36. À quatre ans, tu tannais ta mère pour entrer dans la section enfantine de l'école publique, dans la classe de Mme Rio. Désir de fuir l'asile et sœur Marie-Marthe, désir de te rapprocher de

celle que les enfants et les parents appelaient « madame Brisart ». Ta mère avait fini par dire : « Si madame Rio accepte, je veux bien. » Pour le grand jour de la demande, tu avais fabriqué un cartable dans un sac qui avait préalablement contenu de la laine. Tu avais lentement grimpé l'escalier en te répétant ce que tu avais à dire, tu avais frappé... Mme Rio avait accepté. Très vite, tu as su lire. Tu en as pris conscience quand tu as pu déchiffrer, seule, l'étiquette d'une bouteille. Grande fierté, sentiment de pouvoir, de liberté. Chaque fois qu'elle allait à Pontarlier, ta mère te rapportait un livre, « Un petit livre d'or » publié par les éditions Cocorico, 25, boulevard des Italiens, Paris 2e : *Le Petit Homme aux galoches, Le Petit Chien fantaisiste, Les Cinq Petits Pompiers, Sambo le petit Noir, Les Chatons barbouilleurs, Les Sept Atchoums...* Parmi tes préférés, *Le Petit Lapin turbulent*, n° 22 de la collection. Très joli avec sa « petite queue en coton duveté », le lapineau avait pour ennemie la vieille et sournoise belette. Elle faillit le capturer dans son trou, il put s'échapper et courut jusqu'au bout de la forêt. Il découvrit un panorama comme il n'en avait jamais vu, « un petit village avec de la fumée qui sortait des cheminées ». En regardant cette illustration qui méritait deux pages du livre, tu reconnaissais forcément Bregilley tel qu'on peut le voir depuis la montagne, quand la boulangerie n'est plus qu'un morceau de jeu de construction. Avec l'aide de l'écureuil rouge et du hibou, le petit lapin pouvait retrouver les siens. Pendant son absence, la vieille belette sournoise avait mangé sa grand-mère. Ainsi était la vie, avec des gentils et des méchants, des sœurs Marie-Luce et des sœurs Marie-Marthe, les bons moments et les mauvais. Après ces débuts en philosophie, tu as lu la comtesse de Ségur, les livres de la collection « Rouge et Or » et, surtout, la série des *Heidi.*

37. On pourrait jurer que Johanna Spyri a écrit ses livres pour toi. Ils se situent en Suisse, dans des paysages que tu pouvais en partie reconnaître, gentianes, primevères, sapins. Il s'y ajoute l'exotisme de montagnes plus hautes que la Roche du Vieux, glaciers, sommets nus, aigles, précipices. La Suisse, c'est aussi le pays d'où venaient les Alf. Dans le premier livre de la série *Heidi, La merveilleuse histoire d'une fille de la montagne*, l'héroïne a cinq ans. Orpheline, elle arrive chez son grand-père qui vit en solitaire, avec deux chèvres. Un grand-père bourru mais bon bougre, tu devais penser à Joseph Brisart. Comme toi, Heidi aimait lire, et cela contribuait aussi à l'effet de miroir. Le processus même de l'identification, que tu pratiquais, se trouvait décrit : « [...] elle était si sensible qu'elle vivait les souffrances et les joies des personnages de ces histoires, qu'elle leur donnait une figure humaine et les rapprochait des

êtres humains qu'elle connaissait. » Le caractère ensoleillé de tes plus anciens souvenirs est lié au soleil de *Heidi*, un soleil de montagne sur un alpage et un troupeau. Un soleil de dimanche matin avec fleurs et cloches. Le bonheur est peut-être simplement la réalisation pleine et effective d'un cliché. Tu as eu la chance de vivre des années Heidi.

38. Ces joies de lecture avaient un prix. Lire autant et si jeune, cela faisait de toi un être différent des autres, que l'on considérait avec admiration et inquiétude. L'excès d'intelligence et de savoir n'est pas meilleur que l'excès de tabac ou d'alcool. Il mène à la pathologie, à la monstruosité. On connaît la musique : « Tu restes enfermé(e) avec tes livres alors qu'il fait si beau. Tu devrais prendre l'air ! » (L'ennui est que, souvent, par « prendre l'air » on entend quelque corvée à effectuer, des haricots à cueillir, du bois à ranger, des choses à faire « en s'amusant », « en se promenant ».) J'ai entendu ta mère dire qu'elle te trouvait « trop intelligente ». L'adjectif « surdoué(e) » n'existait pas mais tu as dû être ainsi perçue et en souffrir. Tu avais le sentiment que l'on préférait ta sœur, plus tournée vers l'action, la vie physique, plus normale, plus agréable.

39. À tes heureuses et malheureuses dispositions, il faut ajouter l'idéologie du milieu artisan

et commerçant, l'anti-intellectualisme des arrière-boutiques. Dans ces milieux où l'on travaille dur, on n'estime pas le travail intellectuel, on ne le reconnaît pas comme travail. On ne considère que la sueur, les courbatures, les crampes ou les mains crevassées. Quant au loisir intellectuel, il est suspect comme tout loisir qui ne met pas en jeu le corps : après s'être fatigué dans un fournil, il faut se défatiguer en se fatiguant sur un vélo. À un jeune garçon qui s'y prenait mal pour scier du bois, ton père a pu dire : « On voit bien que tu es un étudiant ! » Celui qui n'a pas fait d'études a besoin de se trouver une supériorité sur celui qui en a fait… Les ressorts du poujadisme sont bien connus. Institutrice et femme de boulanger, ta mère se trouvait dans une situation composite. Elle ne pouvait que valoriser le savoir et les livres, mais en y ajoutant les travaux de la maison, du four, du magasin, du jardin. Elle lisait, mais dans les moments de répit, quand le pain était brossé, le linge repassé, le repas fait, le magasin fermé. En étant une intellectuelle dès quatre ans, tu prenais un risque.

40. Les gens pétris et façonnés comme Marcel Brisart aiment le travail, les titres d'actions, la chasse, la pêche, le vélo. Ils n'aiment pas les vacances, les fonctionnaires, les politiciens, les journalistes, les médecins, les avocats, les étudiants, les syndicalistes, les socialistes, les

communistes, les gauchistes, les étrangers, les Parisiens... Ils n'aiment pas les livres qu'ils opposent à la vraie vie, à l'expérience, au concret. Il faut bien travailler à l'école mais il ne faut pas y moisir. Ce n'est qu'un passage obligé et utile, comme le service militaire, qui donne un bagage et des souvenirs, avant la vraie vie du travail. Il faut être bon en orthographe mais il ne faut pas trop rester dans les bouquins. Pour lire, tu te caches dans la caisse à bois qui a, dans sa partie supérieure, un rideau, comme un théâtre de marionnettes. Bien calée sur des rondins, tu tires le tissu juste ce qu'il faut pour te rendre invisible et recevoir de la lumière. Un jour que tout le monde te cherchait, tu as pris un malin plaisir à retenir ton souffle, à faire durer ce moment : si on s'inquiète de ma disparition, c'est que j'existe, c'est qu'on m'aime. À ainsi vérifier l'intensité de l'amour d'autrui, on court le risque d'une correction.

41. Parmi tes lectures de caisse à bois, tu as beaucoup aimé *Dans le pré*, de Marguerite Soleillant (le soleil encore, et sous la forme d'un très actif participe présent !), illustré par Françoise Estachy, publié par Gautier-Languereau en 1947. Je crois que tu as préféré les illustrations aux poèmes, encore que. On y voit toujours une petite fille dans du vert, dans des prairies pissenlitées où même le chiendent est beau, bordées parfois par une murette ou une

clôture en bois. Elle y fréquente des grillons (bien gros pour elle mais gentils), des mésanges, le vent, un petit veau, des papillons, des hirondelles, des araignées et une poule blanche.

42. Pour tenter d'approcher l'évolution sensible, intellectuelle, idéologique d'une personne, il faudrait lire tous les livres qu'elle a lus depuis l'enfance. Je n'aurai pas le courage de m'attaquer à tous les Bibliothèque verte, tous les Rouge et Or qui emplissent une armoire de Bregilley, dans un débarras.

43. Tu entres donc dans la classe de Mme Rio qui s'occupe de la section enfantine, du cours préparatoire et du cours élémentaire. Comme un cirque peut avoir plusieurs pistes, la salle offrait plusieurs tableaux à ces différents niveaux d'élèves. Peu de souvenirs, des lignes sur des cahiers, des gommettes, des bûchettes. (Qu'on ne compte pas sur moi pour me lancer dans un morceau de nostalgie scolaire, avec odeurs d'encre et de colle blanche.) Un jour de vaccination, tu te cramponnes à ta table, ne veux pas entendre parler de scarification. Un autre jour, un tableau te tombe sur la tête. Un peu étourdie, une bosse, rien : tête dure.

44. Je suis parfois tenté de penser à ce que j'étais et faisais au même moment. Ce serait

fausse concordance des temps, artifice. Le Cotentin n'existe pas pour toi, le Doubs n'existe pas pour moi.

45. Deux filles, disais-je, il faut que je m'habitue. Tes parents, le dimanche, allaient souvent dans la famille Alf. À vélo. Derrière chaque selle, un panier pour chaque frangine. L'aînée et plus lourde, tu es plutôt, dans tes souvenirs, sur le vélo du père. Les jours de sortie et de fête, vous étiez habillées pareil mais toi en bleu, qui avais les yeux bleus, et Pierrette en rouge, qui n'était pas albinos. Ces couleurs dominantes auront tendance à demeurer. En vous habillant comme elle le faisait, ta mère voulait concilier différence et égalité. Mais d'où vient ce sentiment, cette idée que ta mère préférait ta sœur ? Selon la fâcheuse tendance à classer les enfants en deux camps, tu étais une Brisart et Pierrette une Alf. Elle avait le cheveu sombre et ton père l'appelait « la Noire ». Surtout, tu étais l'aînée, tu devais être responsable, raisonnable. Tu l'étais, tu l'étais trop. En faisant ce qu'on attendait de toi, tu t'installais dans un rôle qui indisposait.

46. Tardivement, tu as trouvé une explication rationnelle et rassurante au fait que tu prenais pour deux quand vous chahutiez dans votre

chambre : tu étais la plus près de la porte. Il faudrait que tout puisse ainsi s'expliquer.

47. Tu mets des culottes Petit Bateau que tu t'efforces de garder bien blanches, à l'extérieur et surtout à l'intérieur. Pour savoir si une culotte est à laver, ta mère ne se contente pas de regarder en écartant, elle passe sous son nez frémissant l'entrejambe.

48. Vu l'ampleur de ses tâches, ta mère avait besoin d'une aide pour s'occuper de ses enfants. Elle employa Claire Donier, fille d'un cantonnier. Vous appelez « cantonnier » tout employé municipal. (Ton cousin Jean Brun, salarié de la ville de Morteau pour tout autre chose que l'entretien des talus, prenait plaisir à dire « je suis cantonnier »). Fille d'un cantonnier et de Cécile, femme qui pouvait tout faire : le ménage, la cuisine à la colonie de vacances, la cuisine des noces et banquets, carder la laine, fabriquer des matelas. Je l'entends dire d'un jeune de Bregilley : « Je ne peux pas lui parler, c'est un étudiant. » Mais tu n'as pas oublié qu'elle fut la seule à te comprendre, toi l'étudiante : « Ce n'est pas facile pour toi, ces temps-ci… » Claire devait avoir seize ans, à ses débuts chez vous. Tu l'aimais beaucoup pour sa vivacité, sa gaieté. Les petites filles aiment certaines de leurs aînées, plus proches des réalités de l'amour et aptes à les initier. Tu étais très triste et tu lui en

as presque voulu quand elle s'est mariée, comme si elle vous abandonnait. Plus de promenades, comme celle où il y avait Sophie Lavaud devant sa porte, au soleil. Elle t'avait fait signe et elle t'avait donné un bel œuf tout blanc, tout frais. Tu l'avais reçu avec une grande émotion, comme un signe d'attention, de reconnaissance. Sophie avait un visage rond, sans rides, un tablier et un fichu blancs, tu ne sais pas pourquoi elle ne s'est pas mariée… À Claire Donier, tu dois une grande étape de ton éducation morale. Quand elle t'a appris la chanson du roi Albert. Une sentinelle s'opposait au passage d'un quidam : « Retirez-vous, vous ne passerez pas, halte-là ! » (Vous marchiez au pas dans la cuisine, entre l'évier et la porte de la salle à manger.) La sentinelle ne cédait pas et, en fin de chanson, le quidam lui révélait qu'il était le roi Albert. Droiture, sens du devoir, on ne passe pas, on ne cède pas, ce n'était qu'un début.

49. Je fais parfois le rêve de cette impossible rencontre : sans savoir quel âge j'ai moi-même, je te vois enfant, quand tu as cinq ou six ans, dans la cour de l'école. Tu fais des bulles de savon qui s'envolent vers la place. Je suis sous le charme d'un sourire, d'un regard, d'une énergie, d'un caractère déjà bien trempé. Dans ma représentation la plus naïve du paradis, ceux qui s'aiment peuvent se fréquenter à tout âge, à volonté. Je

peux caresser le bras d'une petite fille. Je suis avec toi et Marie-Noëlle quand vous trouvez la fleur impossible, unique, miraculeuse, dont vous parlerez des années, la primevère rouge.

50. À cinq ans, tu voles. Je ne veux pas dire que tu prends par ruse ou par force le bien d'autrui, ce qui te ferait un autre point commun avec Jean-Jacques Rousseau. Non, tu te maintiens et meus en l'air. Heureusement, je dispose de deux références, de deux cautions littéraires, *Mon dernier vol* de Franz Fühmann (« Lorsque j'étais enfant, je savais voler ») et *Ma vie en l'air* d'Anne Sibran (« J'ai d'abord su voler… J'affirme avoir volé tous les jours jusqu'à l'âge de huit ans. ») L'enfant volant de Franz Fühmann s'élance depuis la cinquième marche d'un escalier. Celui d'Anne Sibran a pour perchoir un mur de meulières, au milieu d'un jardin… Tu ne voles pas tous les jours. Il faut des conditions particulières que seuls le printemps et l'automne peuvent réunir. Un grand calme, une température douce, très loin du gel et de la canicule, très loin aussi du degré supérieur, du degré inférieur, un moment d'équilibre dont les forces dépassent ce qui est à notre portée, à notre dimension… Tu es dans l'escalier de la maison commune, à mi-hauteur entre le rez-de-chaussée et le premier. Tu ne te lances pas dans le vide comme une parachutiste. Un mouvement de l'air qui vient à ta rencontre,

une légère impulsion de tes chevilles, un infime déséquilibre vers l'avant, tu ne touches plus les marches, tu commences à tourner lentement. Il t'est aussi arrivé de voler dehors, mais tu n'en as pas gardé un souvenir précis. Seulement du vert, du bleu, de la douceur. Moments les plus heureux de l'enfance, belles minutes de solitude, de respiration, de légèreté, de dilatation où tu es inatteignable. (Le personnage d'Anne Sibran a trouvé chez un psychiatre la notion de « stratégie d'évitement ».) Tu feras ton dernier vol à quinze ans, dans une zone déserte des fortifications de Besançon. Tu douteras de savoir encore et te pencheras timidement, du haut d'un talus. Tu sentiras l'acceptation de l'air, tu voleras en sachant que ce sera la dernière fois. Après, les conditions ne pourront plus être réunies, tu seras définitivement et exclusivement terrienne, soumise à la pesanteur.

51. La première mort survenue dans la famille et dans ta mémoire a été celle d'Irène, sœur de ta mère et épouse Brun. Tu l'avais toujours vue alitée, beau visage et chemise de nuit rose, dans une alcôve, une cuvette à ses côtés. Le jour de l'enterrement, tu étais restée avec Pierrette à Bregilley. Depuis une fenêtre de la maison commune, tu contemplais le cimetière, cette transition entre le village et la plaine. Face à l'abstraction de la mort, tu te disais : « Je devrais être triste puisque ma tata

Irène, la sœur de ma mère, est morte. Je dois être triste puisque ma tata Irène, la sœur de ma mère, est morte. Je suis triste puisque ma tata Irène, la sœur de ma mère, est morte. » Enfin, tu as pleuré.

52. Était-ce ce jour-là que tes parents avaient été bloqués par la neige à Morteau ? Les heures d'attente, sans téléphone. Quand il avait été suffisamment tard, Claire vous avait emmenées chez elle, de l'autre côté de l'église, après le tilleul. La place scintillait sous la lune, on se serait cru en plein jour. Vous vous étiez couchées comme Heidi le premier soir de son arrivée à l'alpage, chez le grand-père, dans ce délicieux alliage d'inquiétude et de protection.

53. Tu avais deux lieux, la maison commune et la boulangerie. Pour aller de l'un à l'autre, il fallait traverser la cour des garçons et longer l'hôtel Bulle. Trajet court mais suffisant pour avoir peur de nuit. Un voleur d'enfants, un homme ivre pouvait se cacher dans le préau, dans ce noir qui sentait les latrines. Charlot, le simple d'esprit, le clochard, venait souvent là. Pour la traversée, tu retenais ton souffle et récitais des « Je vous salue, Marie ». Une vache monta l'escalier qui mène de la place à la cour de l'école. Sa tête apparut au ras du sol, énorme, surnaturelle.

À la boulangerie, lourde porte et sombre magasin, éclairé non par une baie vitrée mais par de simples fenêtres. Meuble à tiroirs contenant des boutons, des bobines, des aiguilles, des épingles, restes du temps où ta grand-mère vendit de la mercerie. Rayons pour le pain où dominaient les miches de 3 kilos. Sur le long comptoir, balance, couteau, cahiers. On notait ce qu'achetaient les clients ; ils payaient chaque mois, chaque trimestre ou chaque semestre, souvenir du troc, de l'échange du pain et de la farine. Pas de pâtisserie, pas de bonbons. Un cagibi où trônait la « cacachiotte », chaise percée avec seau. Au four, ton père travaillait avec ton grand-père, deux pierrots enfarinés. Le mitron passait au patron, qui enfournait, les vanottes, paniers ronds tapissés de jute. Ou ils pesaient les pâtons, ou ils donnaient un coup de lame de rasoir sur le dos des pains longs, ou ils défournaient, séparaient les miches qui s'étaient siamoisées, ou ils mettaient dans le four les tôles chargées de bois à faire sécher pour le lendemain. Quand ton pierrot de père était bien luné, il te racontait, en travaillant, des histoires dont le narrateur était un grillon. Il s'arrêtait au milieu d'une phrase, se penchait un peu vers la fenêtre pour voir qui montait ou descendait le village... Toujours au rez-de-chaussée, une pièce qui ne servait à rien, avec fourneau toujours froid et la seille où fut noyé le chat roux. La pièce que vous appeliez, comme chez Descartes, le poêle : table, lit du grand-père, lit de la grand-mère dans une alcôve, triptyque à motif religieux qui bougea un jour de tremblement de terre. Au fond un débarras, un fourre-tout plein de tiroirs et de boîtes. C'est là que tu trouvas un linge taché de vieux sang sec et des lunettes cassées. Tu as longtemps cru que c'étaient les lunettes de ton grand-père, battu par les Allemands qui voulaient savoir où se cachait ton oncle Jean, résistant. Mais ton père est formel et semble avoir raison, il s'agit des lunettes de Jean lui-même… Un escalier sommaire menait à l'immense grange où, au moment de la fête, on installait à la Bruegel des tréteaux et des planches pour poser les gâteaux. Plus haut encore, après un autre escalier plutôt échelle de meunier, la chambre de la tante Élisabeth où il restait de ses jouets, un fourneau miniature en fonte. Les chambres de deux locataires, Blanche Cretin et Adélaïde Beautot. Mais les propriétaires n'étaient pas tes grands-parents. La maison appartenait à un paysan. Ton père l'achètera plus tard et détruira la boulangerie que je viens de décrire, pour faire un four et un magasin à son goût… À l'extérieur, un escalier de bois très sonore. On accrochait sous les marches des peaux de lapins, des nattes d'ail et d'oignon.

54. Ton père faisait aussi du jardin (les boulangers ne dorment pas le jour autant qu'ils ont veillé la nuit), et la visite du potager était un rituel. Il ne disait pas « mon jardin est beau » mais « les jardins

sont beaux ». Avec une modestie légèrement teintée de coquetterie, il s'inscrivait dans un ensemble social et naturel. Si les haricots et les choux étaient réussis, le mérite en revenait à un savoir-faire que partageaient tous les Bre dignes de ce nom, et à des circonstances climatiques favorables, non à un talent personnel.

55. Dans la suite de l'histoire de Heidi, se précise son amour pour Pierre, le chevrier. Sur ce terrain, l'identification a-t-elle aussi joué ? Je te demande qui a peuplé ton « vert paradis des amours enfantines ». Pour faciliter ta réponse, je pose comme limite la fin de la période où tu as été élève de Mme Rio. La récolte est plutôt maigre. Lors d'un séjour à Morteau chez ta tante Ida, tu avais vu un beau garçon qui lui aussi devait être en vacances dans le quartier. Le cœur qui bat plus vite, l'envie de le revoir, le béguin. Les gamines du voisinage s'en étaient aperçues et avaient scandé « Elle est amoureuseu ! Elle est amoureuseu ! » Tu avais ressenti la honte la plus violente de ta courte vie, une envie de disparaître sous terre. Quelque chose t'avait échappé, qui était beau et pur, et de lamentables chipies s'en étaient emparées pour se moquer de toi. La leçon était qu'il fallait ne rien laisser paraître de ses sentiments. Avec ta mère, tu allais parfois rendre visite à Mme Martin, institutrice à Nods. Elle avait dans sa classe un garçon dont

elle disait le plus grand bien. Il rougissait pour un rien, comme si un excès de sensibilité le rendait inapte aux rencontres de la vie courante. La curiosité que tu eus pour lui ne fut pas réciproque, autre intérêt qui tourna court. Tu étais une mademoiselle Bovary, les garçons de l'asile et de l'école de Bregilley ne pouvaient pas t'émouvoir, il te fallait quelqu'un d'ailleurs, mais sensible, distingué, cultivé, quelqu'un qui aurait lu *Le Petit Lapin turbulent* et *Heidi*. Ou, à la rigueur, d'autres livres davantage destinés aux garçons mais d'une égale beauté.

56. Grande promotion, tu es entrée dans la classe de ta mère. Pour éviter le moindre soupçon de favoritisme, elle se montrait intraitable avec toi. Si tu bavardais, elle te mettait à la porte. Si ton père te voyait, il te donnait une raclée. L'heure à éviter était celle où il revenait de la boulangerie pour faire sa sieste. Quand tu étais exclue, il t'arrivait de monter à l'appartement, sur la pointe des pieds, pour quelques minutes de décor familial volées. Ta mère te donnait quand même des bons points. Au bout de dix, on avait droit à une image.

57. Tu es une collectionneuse remarquable, redoutable, méthodique, tenace, qui, une fois engagée dans une série, veut tout avoir. Volonté de s'entourer, de se protéger, de mettre de l'ordre

dans le monde. La collection mêle dans des proportions variables âpreté et poésie. Variante de l'avarice qui ajoute toujours à un acquis, mais goût pour les choses et leur pouvoir de rêverie. Les collectionneurs ont une grande utilité sociale. Sans eux, nous ne pourrions pas consulter d'ensembles. Nous serions condamnés au dispersé, à l'aléatoire de la rencontre, à l'oubli.

Tu trouveras chez Goethe une explication, une justification à la collectionnite, réponse à la faiblesse de nos facultés, mémoire et imagination : « Notre imagination n'est même pas capable de nous rendre fidèlement l'image d'un bel objet que nous avons vu dans la réalité : sa représentation aura toujours quelque chose de nébuleux, de fugace. » Il faut donc conserver, accumuler, pour pouvoir à volonté retrouver, revoir.

Tu as commencé par les figurines que l'on trouvait dans les paquets de café Maurice. Ta tante Ida te les mettait de côté et prenait des risques d'insomnie pour te faire plaisir. Ensuite, tu as aimé les images Cadum qui entouraient les savons (aujourd'hui encore elles sont parfumées). Dans la première série, Mickey, Minnie, Pluto et la tortue, Donald, Naf-Naf le cochon maçon, Nif-Nif le cochon violoniste, Nouf-Nouf le cochon flûtiste, Dumbo, Pinocchio, Blanche-Neige, Joyeux, Dormeur, Timide, Grincheux, Simplet, Prof, Atchoum, Lucifer, Cendrillon, Jaq, la Fée, Cendrillon et les oiseaux, Gus. Dans la deuxième série, moins jolie, on retrouvait les mêmes personnages dans diverses situations (Donald toréador, Donald chasseur, Donald plonge, Donald et ses neveux), mais apparaissaient aussi des nouveaux, Dingo, Grand Loup et Hiawatta. Les images offertes par la chicorée À la Belle Jardinière (énormes œufs de Pâques dans une brouette, Pierrot court après un lapin) ou par les laines du Marin (le Chat botté offre trois pelotes : « Voilà, Sire, de la part de Monsieur le marquis de Carabas »). Tu emplissais les albums d'images Poulain, Suchard. Dans des enveloppes, tu glissais les images du chocolat Schaal, du chocolat Coop, du chocolat Klaus, « série de jolies vignettes sur des sujets qui vous intéresseront et vous rendront service dans vos études ». Images des chocolats Prado. Les images des cafés Gilbert représentent les différents types humains. On y met les Espagnols à côté des Zoulous, des Hindous, des Chinois, des Arabes. Ce qui te turlupine puisque tu as un oncle espagnol, José, qui dirige à Morteau une entreprise de travaux publics (c'est un fait, il n'emploie que des ouvriers exotiques, mais il est très gentil avec sa femme, ta tante Ida). Les footballeurs ne te passionnent pas, tu n'as qu'une image des biscuits Rem, Michel Leblond, international né en 1932, « redoutable par sa constance, sa clairvoyance et son jeu de tête ».

Ta collection de buvards mériterait une exposition à la Bibliothèque nationale : une somme considérable de réclame absorbante, une mine pour l'histoire de la consommation, de la publicité, du commerce comtois et national. Chicorée À la Ménagère, laine Bergère de France, culottes et sous-vêtements Petit Négro, couverture chauffante Euphorie... Les buvards de La Vache qui rit, on les obtenait avec des points, tu constituais tout un réseau qui devait les drainer. (La série sur le cirque a été dessinée par Alain Saint-Ogan, le créateur de *Zig et Puce* ; la série sur les métiers a été dessinée par André Baille, artiste en vogue sous Vichy.) Tu demandais des buvards aux représentants de farine ou de confiserie qui venaient à la boulangerie. Tu guettais l'arrivée de Fumey, le marchand de chaussures de Goux-les-Usiers qui arrêtait sa voiture devant l'hôtel Bulle... Assez souvent, un commerçant de Pontarlier, de Morteau ou Besançon apposait son tampon dans un coin du buvard, pour ajouter à la publicité de marque sa publicité personnelle. Il n'existait ni buvard ni tampon Brisart, pour vanter ce bon pain fait au levain et cuit au feu de bois. Ce n'était alors que du pain normal.

Ta collection de protège-cahiers a les mêmes vertus. « Dans chaque foyer, l'alcool à brûler est indispensable. » « Cet indigène d'Afrique sur son cocotier travaille pour vous ! Comment ? Regardez au dos de votre protège-cahier ! »

(offert par Astra). Il m'arrive de reconnaître une image, comme celle de l'explorateur Stanley qui, dans ses voyages en Afrique, emportait toujours une provision d'Élixir végétal de la Grande Chartreuse. Après « cahier de... appartenant à... », je pourrais écrire mon nom. Sur les rabats, des tables de multiplication et de division, des unités de mesure, les numéros des départements, un double décimètre ou les records du monde d'athlétisme.

J'oubliais les chèques Tintin et les chèques Chic (dix gravures pour cent points). Il te fallait une quantité de boîtes, tu les collectionnais donc.

Les collections impliquent des doubles, des échanges, des comparaisons d'albums après un goûter. Tu allais plus souvent chez les autres que les autres ne venaient à la maison commune. Tes copines avaient peut-être peur d'entrer chez l'institutrice.

58. Ta grande amie est Marie-Noëlle Bernard, dont le père joue de l'harmonium à l'église. Vous ne pouvez pas vous quitter, vous vous raccompagnez indéfiniment chez l'une et chez l'autre. Vous allez cueillir des fleurs, surtout à la saison des processions et des reposoirs. Il faut des quantités de marguerites, de bleuets et de sainfoin. À la messe, vous êtes toujours côte à côte. Si vous bavardez, c'est toi qu'on met à genoux dans l'allée, puisque son père joue de l'har-

monium. (À l'âge du collège, vos chemins divergeront. Tu resteras à l'école publique, Marie-Noëlle ira aux Augustins, à Pontarlier, mais votre amitié résistera.)

59. Je tarde à faire entrer Serge, ton frère né quand tu avais quatre ans. Pas plus que ta sœur, tu ne l'as vu venir. Un jour il a été là. Un petit garçon joue dans la salle de la maison commune. Il fait rouler un camion musical (« Vive le vent, vive le vent, vive le vent d'hiver »). Il se sert du bas de l'alcôve comme garage, cette alcôve magique où se trouvent le carton à chapeaux de ta mère et les disques 78 tours de ton père. Serge aura ses voitures Dinky Toys et ses copains, tu auras tes poupées et tes copines, vous ne vous connaîtrez que tardivement, trop tardivement. Il aura sur la tête un pompon rouge, il reviendra de Tahiti où il aura fait son service militaire, boulanger dans la marine... Avant et après cette naissance (combien de temps ?), tu as été envoyée à Morteau, chez ta tante Ida.

Sœur de ta mère, de seize ans plus âgée, Ida l'a quasiment élevée puis sévèrement chaperonnée. Quand Gisèle Alf était jeune fille, Ida veillait. Elle fit tout pour empêcher ce mariage avec Marcel Brisart, petit mitron dans un bled. Une institutrice devait trouver mieux dans la bourgeoisie de Morteau. Le boulanger n'oublia jamais cette hostilité initiale, entretint avec sa belle-sœur une relation de pure nécessité diplomatique. À Noël, elle lui offrait toujours une paire de chaussettes qu'il ne regardait pas. Ida, qui n'avait pas d'enfants, adora la première fille de sa Gisèle. Ton séjour, au moment de la naissance de Serge, fut suivi de beaucoup d'autres que tu appelais « vacances à Morteau ». Intérieur chargé de vitrines, de bibelots, de passementerie, de tapis, de napperons, de guéridons, de tapisseries. À côté du style Bregilley, le style Morteau relevait du luxe. Nappe sur la table au lieu de Formica, petit appareil pour avaler les miettes à la fin du repas. Boîte en bois avec porte à glissière pour ranger le pain, au lieu d'un sac en papier marron. Le mauvais goût même était confortable, rassurant. Sur un divan, trois coussins carrés ornés de mots brodés, « le temps », « fait passer », « l'amour ». Selon leur place, on obtenait « le temps fait passer l'amour » ou « l'amour fait passer le temps ». Ou une syntaxe précieuse, « l'amour le temps fait passer ». Ou une aberration vite corrigée, « fait passer le temps l'amour ». Ida te cuisinait rituellement ce que tu aimais : les escargots, les pommes de terre en gratin, la truite, la mousse au chocolat. Vous faisiez de la broderie, alliez souvent chez la mercière, Mlle Wetzel, au café Baron pour jouer au loto. L'oncle José dirigeait sa petite entreprise de travaux publics, passait ses journées sur les chantiers. Ida tapait à la machine le courrier professionnel, préparait les enveloppes pour la paie des ouvriers qui ôtaient leur casquette en entrant, s'essuyaient longuement les pieds.

60. Assez souvent, le dimanche, Ida et José venaient manger à Bregilley. Accompagnés de la mémère Alf et de son fils, Marc, qui vivait avec elle. Pour parler de cet ensemble, tes parents disaient « les Morteau ». Ils savaient sainement séparer les genres : l'accueil et le commerce. Si des invités, repus, voulaient emporter du pain, ils passaient au magasin et payaient comme d'ordinaires clients.

61. Marc le célibataire travaillait à l'Équipement, conduisait l'hiver un chasse-neige qui lui donnait un grand prestige. À l'utilité de sa tâche s'ajoutait le privilège de voir la route, et la vie, de très haut. Grand chasseur de champignons, il excellait avec les morilles. Grand pêcheur de grenouilles, il sortait aussi du Doubs des brochets qui méritaient une photo dans *L'Est républicain*. Cet homme des bois et des rivières faisait de la tapisserie au point de croix, mais personne ne s'avisa de s'en moquer. Son mariage tardif surprit tout le monde, sa mort précoce aussi. J'aurais aimé le connaître.

62. L'oncle Jean, le frère de ton père, le résistant, tu ne le voyais que l'été. Il venait de loin,

d'Allemagne où il était instituteur, avec sa femme Gilberte et sa fille Olivia. Il faisait partie de l'histoire de Bregilley. On racontait comment les Allemands, qui le recherchaient, avaient investi le village, comment on avait craint un autre Oradour. Jean ne parlait que bien peu de la Résistance. De diverses sources, par bribes, tu as appris qu'il distribuait un journal clandestin, fabriquait des faux papiers, avait plusieurs identités et plusieurs planques à Besançon, avait exécuté un collaborateur tu ne sais plus dans quel bois, un franciste qui donnait des noms à la Gestapo. Tu l'as entendu dire « Ce n'est pas ce qu'on a fait de mieux ».

63. Une variante de la collectionnite s'appelle « esprit de famille ». Dans un autoportrait que tu écriras plus tard, tu diras « J'ai une quantité d'oncles, de tantes, de cousins et de cousines ». Non pas un encombrant fardeau mais tout un patrimoine, toute une pétillante potentialité de visites, de fêtes, d'histoires, de coups de main. Pour compléter ta collection, il faut ajouter ceux que tu vois le moins souvent : Marguerite, sœur de ta mère, et son mari Laurent, cadre au Crédit Lyonnais, à Dijon. (Ida aime dire, en gonflant le goître : « Il est banquier. ») Ils ont deux enfants, Charlie, deux ans de plus que toi, et Sophie, deux ans de moins. Tu les aimes bien le Charlie et la Sophie. (Aucune envie de faire provincialo-

populaire mais c'est un fait, vous placez l'article défini devant les prénoms. Selon l'intonation, cela fait d'une femme une diva ou une pute.)

64. Ta mère tenait table ouverte pour les parents et amis qui passaient par Bregilley. Elle n'était pas regardante pour les lits à faire et défaire, retenait volontiers les visiteurs. D'où la fréquence des grandes tablées. Elle faisait une cuisine généreuse, robuste, mais n'avait pas le temps de raffiner. Quand sonnait la porte du magasin, elle abandonnait une pomme de terre à mi-épluchage, revenait en courant pour retirer une casserole du feu. Plus le temps passa plus elle fut excédée de devoir cuisiner dans la précipitation, toujours dérangée. Tu retins de son exemple qu'il ne fallait pas trop se consacrer à cette activité.

65. Dans les belles années de l'enfance, quand les parents sont encore jeunes, la boulangerie est une maison bourdonnante où la table a souvent ses rallonges, où le nombre, la nourriture et le vin produisent de la chaleur, de la gaieté. Les amis des amis, les cousins des cousins, les cousins des amis, les amis des cousins sont accueillis comme si on les connaissait depuis toujours. Ton père mange en gardant son calot blanc. Il aime la plaisanterie, les histoires gauloises. Plus tard, il entendra mal et s'exilera dans son bout de table.

66. Événement considérable, tes parents achètent une voiture, une première voiture. Dans *La Communale*, Jean L'Hôte décrit parfaitement cette révolution des années cinquante, lorsque la voiture paraît. Ils ont choisi une Juva qui aura une double fonction : se promener, aller à la pêche, aller à Pontarlier ou Morteau, mais aussi aller vendre du pain sur la paroisse traditionnelle de Foix, le boulanger de Finans. Ce traître a osé commencer des tournées sur les terres des Brisart, dans des hameaux éloignés. Il a ouvert les hostilités, il faut répondre, c'est la guerre des miches, ou il va installer sa camionnette devant l'église de Bregilley, et il ne faut pas compter sur la fidélité des clients. Commence ainsi une ère nouvelle qui apporte à la famille une contrainte supplémentaire. Attendre le client au magasin ne suffit plus, il faut aller klaxonner à sa porte. Autre dimension de l'événement, ton père va avec votre voisin Bulle chercher la Juva à Paris. Les plaisanteries fines des clients (amortisseurs, pistons, lubrifiant) suggèrent à ta mère que les deux larrons améliorent dans la capitale leurs connaissances en mécanique. Le jour du retour annoncé, vous êtes à la fenêtre, guettez dans la direction de Besançon. Mais qu'est-ce qu'ils font ? Enfin, un point grossissant dans les virages, les voilà. Les

héros sont de retour. Pour la suite, lire et voir *La Communale.*

67. Au printemps on cueille des jonquilles, en été des mûres. En août, le dimanche qui suit la Saint-Laurent, c'est la fête du village. Grand travail, toute une semaine : ton père fabrique des centaines de gâteaux. Ce n'est pas le moment de demander une permission. Tout le monde est réquisitionné, on fait même appel à des aides extérieures. Il faut vider la grange et la nettoyer, poser des tréteaux et des planches, préparer les carrés de papier kraft et les graisser. Quand ton père défourne, toute une chaîne fait passer du four à la grange les gâteaux qui crépitent sur des pelles en bois que vous appelez « tenoures ». Ce travail collectif et fébrile secrète une bonne humeur particulière.

68. Les forains installent sur la place leurs roulottes, leurs caravanes, leurs stands, leurs manèges. D'année en année on les reconnaît. Ils viennent à la boulangerie acheter du charbon de bois pour leurs grillades. (Quand les braises sont refroidies, ton père les retire de l'étouffoir et emplit des sacs à farine.) Soucieux d'avoir de bonnes relations avec les commerçants, ils donnent des tickets pour des tours de manège. La fête commence le dimanche après la messe. Tu aimes les chevaux de bois puis les auto-

tamponneuses. Il faut guetter la voiture qui va se libérer, courir, ne pas s'attarder sur la piste. Odeur de métal chauffé, étincelles au plafond de grillage, rock, il faut crier pour s'entendre. Tu as comme copains Jean-Paul Bichet (il deviendra professeur d'anglais) et Pierre Billod qui est né le même jour que toi (il deviendra gendarme). Ils t'offrent des fleurs dont ils ont coupé la tige au tir à la carabine mais, merveilleux, vous n'avez jamais été amoureux. Le soir, dans ton lit, tu entends les dernières musiques, la lumière des manèges se promène au plafond. Le lundi après-midi, quand les paysans viennent porter le lait au chalet, on s'offre un petit réchauffé de fête, et c'est fini pour un an. Mais, grâce à la tante Ida, tu connais aussi la fête de Morteau. C'est une mordue des loteries, elle revient avec des poupées, des ours et des kilos de sucre. Tu tournes sur ton cheval et tu vois, à chaque passage, son triple menton, ses yeux de poisson, sa bonne tête qui t'aime.

69. (J'ai beaucoup d'affection pour la tante Ida, lui pardonne son autoritarisme, son sens trop aigu de ce qui se fait, de ce qui ne se fait pas. Elle t'a donné plus qu'un trousseau. Pour la vie un lieu de repli, de refuge.)

70. Autre divertissement, le vélo. Quand une course est ouverte aux non licenciés, Marcel

Brisart s'inscrit. On voit bien qu'il n'est pas tout à fait comme les autres. Sa culotte noire semble d'un autre âge ; son maillot rouge et vert, plus épais, fait penser aux vieux films. On dirait quelqu'un qui, vingt ans après, remet son costume de marié, impeccable mais démodé. Veines trop bleues, ses jambes n'ont pas le hâle des plus jeunes. Son vélo, inutile de le soulever pour savoir qu'il est plus lourd. Le boulanger manque d'entraînement, mais il est costaud et volontaire. Il finit toujours dans le peloton, fier d'avoir devancé des gars de vingt ans. Il aurait pu être fort si. Sa femme et ses enfants suivent la course en Juva. Les cyclistes dans les sapins, c'est joli.

71. Tu préfères les courses de vélo aux parties de pêche. Au début, il est agréable de s'asseoir dans l'herbe, de marcher au bord de l'eau, de regarder le bouchon en attendant les touches. Mais au bout de quelques heures, on commence à se refroidir, à trouver le temps long. Avec une insistance croissante, ta mère demande à rentrer. Le pêcheur est persuadé qu'un brochet passerait par là dès qu'il aurait démonté sa gaule. On est bien dans la nature, profitez-en, respirez. Quand la nuit tombe, on plie enfin les couvertures. Une fois sur trois, les parents s'accusent mutuellement d'égoïsme.

72. Les questions que je te pose sur ton enfance sont comme le café. Au-delà d'une certaine heure, elles t'empêchent de dormir.

73. Marcel Brisart saigne du nez. Le sol du fournil semble un sol d'abattoir. Le coton dans les narines, les mouchoirs épais, rien n'arrête le flot. Impossible de s'écouter, il faut pétrir les pains. Le boulanger s'écarte du pétrin, se passe sous le nez un avant-bras qui rougit, souffle comme un enrhumé, retourne à la pâte, en prélève des morceaux, les pose sur la balance. Sa femme essuie les ronds rouges sur la planche enfarinée. Tu penses à Barbe-Bleue, au sang qui revient toujours sur la clé. C'est alors que Marcel Brisart est grand, héroïque. (Reportage à la télévision sur les métiers traditionnels, entrée du village vue à travers la double vitre du fournil, gros plan sur les pâtons, sur les pelles suspendues.) Il a un rendez-vous avec les clients, c'est une question de fierté, peut-être d'honneur. Et il ne vend pas n'importe quoi, du pain, la base de l'alimentation. Tout commerçant qu'il est, il assure un service public. Mieux, il vend du symbole, oui Monsieur, du symbole au prix de la baguette. Pour qu'il ne travaille pas et appelle au secours le boulanger d'un autre village, il faut qu'il ne tienne pas debout, avec quarante et un de fièvre, qu'il risque de sauter les piquets. Admirable, mais l'ennui est qu'il veuille universaliser sa morale du

« marche ou crève ». Ceux qui prennent un congé de maladie sont des tire-au-flanc. Y compris sa femme quand elle a huit jours de repos parce qu'elle n'en peut plus. Il ne la dissuade pas de le faire, puisqu'il profite de sa plus grande disponibilité. Mais cette tolérance particulière ne change rien au principe général. Lui, il ne s'arrêterait pas.

74. Très jeune, tu sers au magasin avec ta grand-mère. Pour jouer à la marchande, tu disposes d'un terrain grandeur nature, d'une vraie balance, de vrais poids, de vraies pièces que tu ranges verticalement dans le tiroir. Tu t'amuses à faire des cornets en papier pour mettre la levure. Mais, dès que tu sais compter, le jeu devient travail, tu dois être au magasin tous les jours pendant les vacances. Ouverture à 3 heures, même s'il ne vient presque personne avant 5 heures, il faut quitter Marie-Noëlle, interrompre une cueillette de fleurs ou une partie de Monopoly. Tu jalouses Pierrette qui continue à jouer. Elle s'est spécialisée dans d'autres travaux, le ménage, les grandes corvées, les pièces que l'on vide et nettoie de fond en comble. C'est plus spectaculaire et moins régulier, alors que le magasin devient le boulet quotidien. Tu prends en grippe des vieilles biques qui trouvent tel pain trop cuit, tel autre pas assez. Et il faut gérer des situations délicates. Les habitués ne doivent pas manquer de pain, on en met de côté derrière, dans le couloir. À

d'autres, moins bons clients, on dit qu'il n'y en a plus, tu n'aimes pas mentir. Tu donnes le pain d'un habitué que tu n'attendais plus, il râle. Tu écoules du pain réchauffé, certains s'en aperçoivent. Tu donnes à un client le pain sans sel destiné à un autre, tes parents t'engueulent. Tu oublies de noter sur le cahier, c'est un drame, grande bécasse. Pendant plus de dix ans, tu seras condamnée à l'enfer de la vendeuse.

75. Un jour, en attendant le client, tu lis Chateaubriand. Arrive un vacancier, un Parisien. Il s'émerveille comme s'il avait vu une Pygmée lire Lévi-Strauss. Il félicite ton père pour la qualité de tes lectures et la qualité de son pain, cuit au bois et fait au levain, une splendeur, du grand art, la vraie tradition, l'âme d'un terroir. Ils sont comme ça, les Parisiens.

76. Marcel Brisart ne se sent à l'aise qu'avec des gens exerçant une activité manuelle. Mais aux paysans, aux ouvriers, il manque la dimension de la boutique. Les commerçants qui ne font que vendre, épiciers, quincailliers, lui semblent aussi incomplets. Il leur manque de fabriquer. Il s'entend plutôt bien avec Guy Bailly, le boucher. Il tient commerce et on peut considérer qu'il fabrique la viande. L'homme taché de blanc parle parfois politique avec l'homme taché de rouge, en buvant la gentiane. C'est une partie de

chambouletout. Ils se déchaînent contre les fonctionnaires et les politiciens. Quand toutes les boîtes cabossées sont tombées, il ne reste que de Gaulle.

77. En quelle année, pour quelle élection y eut-il à Bregilley une voix communiste ? On se demanda qui ce pouvait bien être, on soupçonna un cantonnier qui buvait et qui, pris de boisson, exprimait des insatisfactions, des rancœurs sociales.

78. Ce n'est pas un âge, neuf ans, comment peut-on avoir neuf ans ? Sauf événement extraordinaire, c'est un chiffre qui se perd dans le ventre mou de l'école primaire. Disons que tu t'amuses avec le boîtier de maquillage de la mère, la houppe et le miroir. Tu tends les lèvres, montres les dents, souris. Tu te mets derrière l'oreille un soupçon d'œillet, tu aimes presser le vaporisateur de brillantine. Tu crées des modèles de robes pour tes poupées, tu dessines des patrons, coupes et couds, apprends plein de mots comme « parementure », « empiècement » et « entoilage ». Tu mets un pyjama en coton avec poche kangourou. Tu ressembles aux filles que dessine Françoise Simonin, la fille d'Albert, dans la presse féminine. Charmantes, couettes qui volettent, foulard noué à une anse de panier.

79. Vérification faite, ta mère n'avait pas de boîtier de poudre ni de houppe, ni de vaporisateur. Tes jeux de coquetterie utilisaient les chapeaux, les foulards, les capes, les fourrures, le vêtement et non le maquillage. Grossière, impardonnable erreur portant sur un point plus important qu'il n'y paraît. Par contre, tu as bien eu neuf ans.

80. Tes parents ne faisaient pas partie du clan bigot de Bregilley. Marcel Brisart, dans sa jeunesse, alors qu'il portait les habits de son frère aîné, devait être irrité par le coût des études de sa sœur, dans une école privée. Et il avait vu à l'œuvre la tartufferie des bien-pensants. Gisèle Alf, étrangère à toute forme de militantisme anticalotin, avait tout de même été marquée par sa formation d'institutrice laïque. Elle avait lu Voltaire, elle lisait Pergaud. Il ne lui restait au mieux qu'une foi très atténuée. Tous les deux, sans aucun machiavélisme, plutôt avec une sorte d'instinct biologique et social, estimaient qu'un conformisme de bon aloi était utile à l'enseignante et au commerçant pour leur intégration dans le village. Tu fus donc baptisée et tu reçus une éducation religieuse.

81. L'abbé Daniel, très digne, très strict, faisait le catéchisme dans la sacristie pour un groupe mixte, mais garçons d'un côté et filles de l'autre. Tu aimais les histoires de la Bible, les Job, les

Mathusalem. Tu aimais les chants d'église mais trouvais les messes trop longues, interminables. Tu aimais la Fête-Dieu pour son déploiement de faste et de couleur. Somme toute, tu n'eus point de ferveur mystique et ne fus touchée que par le romanesque et le poétique de la religion. Mais on ne te demandait que de savoir tes leçons et d'assister aux offices sans bavarder avec ta voisine.

82. Couverture rose de ton manuel de catéchisme : « Pour aller au ciel, je dois écouter Jésus, posséder la vie de Jésus, suivre Jésus. » Ledit Jésus lève l'index en un geste qui pourrait paraître obscène. Les commandements de Dieu, les commandements de l'Église, l'acte de foi, l'acte d'espérance, l'acte de charité, l'acte de contrition, tu sais tout ça par cœur. Tu aimes les deux illustrations de la page neuf : saint Michel, jupette rouge et bottes de cuir, enfonce sa lance dans le ventre de Lucifer, peau d'un gris violacé ; une fillette est guidée par son ange gardien qui la tient par la main. Il a une beauté hermaphrodite, une silhouette et une démarche sportives, on devine sous sa robe une jambe finement musclée. Canon mais distingué, le bon ange. La page des noces de Cana t'a inspiré une plaisanterie qui se répéta dans la famille : tu osas avancer que, pour Mme Droz dont le mari était soûl tous les soirs, le vrai miracle eût été de changer le vin en eau.

Les trois dernières pages du manuel ont pour thème « Comment faire une bonne confession ». Là encore, tu osas. Tu osas mettre sur ces paroles l'air de « Pour faire une bonne bouillabaisse ». Avant d'entrer au confessionnal, il faut d'abord faire « un bon signe de croix ». Tu n'as demandé à personne ce qu'était un bon signe de croix, tu as de toi-même décortiqué la problématique : tout est question de vitesse et d'amplitude du geste. Il ne faut pas qu'un signe de croix soit expédié, comme si l'on était pressé. Ni trop lent comme dans un film au ralenti. Il ne faut pas qu'un signe de croix soit riquiqui, il ne faut pas non plus que la main aille d'une épaule à l'autre, du front au nombril. Devant l'armoire à glace, tu as trouvé la bonne allure et la bonne dimension. Moins simple était de donner un contenu à ces expressions imprécises et brûlantes : « vilaines pensées », « vilaines choses », « vilaines conversations », « faire de vilaines choses avec d'autres ».

83. Il restera de cette instruction les « il faut » et les « je dois » suivis d'autres compléments. Un sentiment de culpabilité d'autant plus redoutable que son objet est indéterminé. Et puis tu avaleras Nietzsche comme pain bénit.

84. Tes promenades avec Marie-Noëlle passent souvent par le cimetière. Sans t'attarder, tu dis bonjour au grand-père Joseph. (Ta principale

rencontre avec lui a lieu le dimanche après la messe. Alors tu lui parles plus longuement, et ne voudrais pour rien au monde manquer ce rendez-vous.) Dans le bras cassé de la statue de Jeanne d'Arc, creux, rond, profond, des oiseaux nichent, piaillent. Tu aimes que la vie se loge ainsi dans la blessure. Tu lis les tombes comme les pages, à la fois éparpillées et rangées, d'un livre. (Tu diras dans une rédaction que le cimetière est le journal du village.) Sur une vieille pierre, tu peux lire qu'une Marthe B. ? est née comme toi le 6 juin, mais un siècle plus tôt. Elle est morte en avril, un mois et une année illisibles. Tu en déduis que tu mourras aussi dans ce mois où il ne faut pas se découvrir d'un fil… Vous récupérez de vieilles perles de vieilles couronnes mortuaires pour en faire de jeunes bracelets et colliers.

85. Tu aimes les rituels par besoin – quel vilain mot – d'ordre. Peut-on en vouloir à une enfant qui fait des collections pour la même raison ? Elle ne connaît pas les forces de l'ordre ni le sens de ce mot dans l'histoire. Elle aimerait que le monde ait une forme, que le retour d'événements soit comme le retour à la boulangerie après une promenade. Tu aimes la grande lessive annuelle, les habits neufs que l'on arbore à Pâques, le passage des ramoneurs et des marchands de peaux de lapins, les sapins entassés sur la place en décembre, offerts par la

commune, parmi lesquels on va choisir son sapin de Noël. Sur ce rassurant fond de certitude et de répétition, l'exceptionnel acquiert tout son prix. Une expédition à Dijon pour répondre à l'invitation d'un ami de ton père, ancien athlète qui s'illustra dans un quatre cents mètres des championnats d'Europe. Ou la venue à Bregilley d'un autre ami qui a fait la guerre en Indochine, en Algérie, et qui après tant de conflits cherche la paix auprès de ses ruches en Bourgogne.

86. Désormais, tu as un âge à deux chiffres. Pour marquer tes dix ans, tu vas un peu plus longtemps chez la tante Ida. Tu te régales d'aubergines frites, de mousse aux fraises, de kouglof aux raisins et de magazines féminins. Il y en a des piles que tu broutes intégralement, publicité, mode, décoration, feuilletons, potins. Courrier du cœur de *Marie-France* : « J'aime un jeune homme de dix-huit ans, j'en ai seize. Nous sommes aussi timides l'un que l'autre. Il me donne des rendez-vous, mais je ne sais comment faire. Mes parents, s'ils le savaient, me l'interdiraient, mais si je refuse il va croire que je ne l'aime pas. » Réponse de la rédaction, en caractères gras : « Et vos parents auraient raison. Vous êtes beaucoup trop jeunes pour vous avancer ainsi l'un et l'autre et vos sentiments ont tout à gagner à mûrir pendant trois ou quatre ans. Ne vous récriez pas, cela passe très vite et cela ne vous empêchera pas de vous voir de

temps en temps, mais pas comme des promis… » Ce qui nous rappelle utilement, plus que la morale en vigueur, la durée de mûrissement des sentiments, quand la planète ne s'était pas encore réchauffée.

87. Tu ne sais plus si c'était à Pontarlier ou Montbenoît, tu ne revois pas les lieux. Mais cet examen d'entrée en sixième est le premier événement décisif pour le cours de ta vie, le premier point capital de bifurcation. Si tu étais restée à l'école de Bregilley jusqu'au certificat d'études, qu'aurais-tu fait ? Peut-être vendeuse dans une librairie fournie en articles de piété. Une de ces jolies vendeuses qui ont une blouse bien repassée, un souple mouvement du dos quand elles attrapent un livre haut perché. Tu aurais excellé dans la confection des paquets, le frisé des rubans… L'homme qui dictait, un bûcheron déguisé en inspecteur, avait un accent épais. Il disait « reude chevalier ». Tu tournais l'analyse logique dans tous les sens, en vain. Tu as pris ton courage à deux mains pour en lever une, tu as demandé une relecture du texte : « reude chevalier ». Désespoir, tu allais faire une faute, tu enrageais de ne pas comprendre, de pratiquer la dictée comme une loterie. Audace extrême, tu as demandé une autre relecture. Un instituteur qui surveillait l'épreuve avait perçu l'enjeu et s'était proposé pour soulager le bernardpivot. Enfin,

« rude chevalier », lumière dans la phrase… Reçue, tu allais partir au cours complémentaire de Pontarlier. Les grandes vacances de l'été 1956, tu ne les as pas assez goûtées, tu ne savais pas à quel point Bregilley allait te manquer.

88. Il aurait fallu, comme si tu n'avais pas eu onze ans, monter lentement à la Roche du Vieux, t'arrêter, t'asseoir sur des sapins allongés, écorcés, dont le doré est fait pour accueillir les paons-du-jour. Cligner des paupières en même temps qu'ils clignent des ailes. Regarder une à une toutes les maisons du village, les différents verts de la plaine, écouter les bruits des travaux lointains, moteurs, scies, marteaux, ces beaux travaux lointains qui ne blessent jamais. Entrer un instant dans l'ombre du bois, retrouver plus loin le talus, les fougères, la route. Là-haut, cueillir des chardons, aller jusqu'à la glacière, ce trou où l'on venait chercher du froid en plein été. Le soir, s'attarder devant la boulangerie, sur le banc qui permettait de rester nuque appuyée, tête renversée sous les chauves-souris et les étoiles. Vivre la fin de son enfance comme une page ensoleillée de *Heidi*.

89. Je n'ai pas envie de quitter cette période protégée, bénie. Comment pourrais-je m'y prendre ? Je ne veux toujours pas ouvrir les albums de photos. Ces rectangles glacés ne me donneraient pas la vie que je cherche. Leur uti-

lité résiderait dans tes commentaires, mais je redoute trop les sourires immobiles, les cheveux qu'aucun vent n'agite. Je te lance des mots et te demande ce qu'ils te suggèrent.

Neige. Les affaires des élèves de la montagne, autour du poêle, dans la classe de ta mère. Serge dans une faille blanche, devant la boulangerie. Luge sur le toit des maisons, quand la neige d'en haut et la neige d'en bas se sont rejointes.

Fourneau. Sur les moufles, glaçons qui fondent, gouttent. Corvée de bois mais, corvée pour corvée, c'est mieux que brosser le pain ou aller chercher des œufs à la cave. Toujours refaire du feu, ne pas le laisser s'éteindre. Chez Jennie, vieille femme qui te fait un peu peur, rondelles de pommes de terre cuites directement sur la plaque. Un petit canard malade a été mis au chaud devant la porte du four. Ton père te demande de le déplacer. Tu ne peux pas attraper les oiseaux, une vraie phobie, colère paternelle, correction peut-être.

Lumière. Soleil dans les marronniers, dans les chatons des noisetiers.

Pluie. Vague à l'âme. Coupures de courant à cause de l'orage. Limite entre là où il pleut et là où il ne pleut pas. La pluie est un pays.

Foin. Souffrir de la chaleur et des taons, se soûler du parfum. Marcel Brisart a fabriqué une caisse en bois pour mouler les bottes. Tu sautes dessus pour tasser, mais tu n'as pas assez de force pour serrer la ficelle qui coupe et glisse.

Représentant. Il vient d'ailleurs, avale des kilomètres et des tasses de café, donne des nouvelles des autres boulangeries, vend de la farine, de la levure, de l'eau de fleur d'oranger, de la pâte d'amande, des spatules, des pétrins. Il a été boulanger et sait de quoi il parle.

Je pourrais continuer longtemps, à jeter des mots comme des petits cailloux, mais il faut bien que le biographe vieillisse.

90. Je mesure aussi l'ampleur de tout ce que je n'ai pas retenu, et des reproches que je risque. Si j'ai à plaider, je m'appuierai sur deux raisons.

Tu aimes dire que tu as vécu une époque révolue. Et je me méfie de tout ce qui peut ressembler au folklore, au passéisme. Difficile de distinguer l'évocation d'une réalité et sa mythification. Il suffit de certains mots que l'on voudrait neutres, objectifs, pour être transporté dans un documentaire ou une fiction puant la belle vieille France : bœufs, charron, maréchal-ferrant. Hélas, mille fois hélas, il y en a dans tes souvenirs privilégiés. Forge, ombre, rouge, marteau, feu, homme, bête, muscle, force étincelante : cela t'a fascinée, mais je ne peux tenter de restituer tes images sans sombrer dans un cliché de calendrier, de livre de lecture, de télévision.

Ta mémoire, comme celle de tout un chacun, est faite de cristallisations qui ont absorbé, anéanti les matières nécessaires à leur création. Tout ce que je savais (j'allais dire « trop ») pour l'avoir de longtemps entendu, j'ai eu tendance à l'écarter comme je l'aurais fait pour moi-même et mes propres fossilisations de mémoire. Mais ce n'est qu'un effet de mon privilège, de mon acquis dans la connaissance d'Anne Brisart ! Au point où j'en suis, une voiture-balai est déjà nécessaire : pull angora, bouclettes sur les oreilles, nattes puis queue de cheval, déguisements dans le grenier avec jupons, dentelles et chapeaux, canard tête coupée, aller prier les morts, beaux cheveux défaits et blancs de la grand-mère Alf, fessée pour médicaments avalés comme bonbons, cierges magiques dans le sapin, caillou dans le genou, chute des sœurs Brisart, le même jour, à deux endroits différents, dans une fosse à purin...

91. Tes parents t'ont conduite à Pontarlier, à l'internat du cours complémentaire, installé dans l'école Raymond-Vautier. Le matelas dans la Juva donnait au voyage un air d'exode. Tu trouves l'école laide, triste, sans couleurs, sans verdure. Les lavabos ressemblent à des auges pour bétail. Quand tes parents sont repartis, tu as pleuré. Tu as pleuré quatre ans. Quatre années comme quatre vertèbres soudées, tassées. De la sixième à la troisième, un cycle scolaire dans le même lieu, avec les mêmes gens, une

période de ta vie. Quatre ans tu as quatre fois par jour fait le trajet entre l'internat et le cours complémentaire. Une semaine sur deux, tu pars le samedi midi à Bregilley. Retour le dimanche après-midi. Quand ce n'est pas semaine de sortie, on vous conduit aux douches. Tu n'aimes pas les caillebotis, plus que glissants, gluants. Tu n'aimes ni la chose ni le mot, pris dans cette vapeur suffocante, dégoûtante, cet effort mécanique qui veut rendre propre un troupeau.

92. Aujourd'hui, d'aucuns cultivent et exploitent la nostalgie de l'internat, du surveillant général, du pion, de la discipline, de l'ordre, du coup de règle sur les doigts, du lit au carré, de la bataille de polochons, des épinards bouseux, des carreaux gelés, des privations de sortie, de la blouse, des rangs, du parquet frotté à la paille de fer, des pleins et des déliés, de l'appris par cœur, des lignes à copier, des leçons de morale au tableau noir le matin.

93. Ces leçons de morale écrites au tableau, tu n'as pas besoin de connaître les surréalistes pour les déformer, les détourner. De « J'aime le travail parfait », tu passes à « J'aime le travail pas fait ». De « La persistance dans le courage est le véritable héroïsme », tu passes à « Le courage dans l'héroïsme est la véritable persistance ». Tu écris au tableau ces deux maximes trafiquées, y ajoutes

une phrase que tu n'as pas modifiée et dont le ridicule, dans une classe de filles, crie encore plus fort : « Je travaille pour devenir un homme. » Mme M., outrée, demande qui a osé. Tu lèves la main. Toi, Anne Brisart ! Elle te dénonce à son amie Gisèle Alf, ce qui n'est pas brillant. Mais Mme M. est capable de grimper sur une chaise et d'appeler sa mère quand elle voit une souris. Elle peut écrire au tableau des morales exaltant le courage !

94. À onze ans, tu commences à écrire un journal intitulé « La vie de pension » : « Je m'appelle Anne Brisart. Je suis née le 6 juin 1945 dans un petit village perdu, Bregilley, situé dans le Doubs, en France. Je suis catholique.

Je suis de caractère grincheux, un peu vaniteux, avec un petit penchant pour la gourmandise, et un pour la jalousie. Je suis très susceptible.

Mais j'ai pour moi la franchise. Je suis sensible, terriblement sensible et cela me fait souvent pleurer, assez sauvage et un peu renfermée. J'aime rendre service à ceux que j'aime mais ceux qui me détestent n'ont rien à attendre de moi. Avec un rien de sentimental. » On admirera la lucidité dans l'autocritique, on veillera à ne pas faire partie de ceux qui te détestent.

95. À la lecture de ton journal d'internat, il est évident qu'un dimanche de septembre 1956 a été

un tournant dans ta vie. Entre les beaux jours et l'hiver, tes parents t'ont conduite à Pontarlier, sont repartis pour une vie où tu n'étais plus. Ils t'ont abandonnée. Tu as excessivement souffert de cette séparation, de cet enfermement, de cette attente des sorties et des vacances. Bregilley est devenu un mythe, le lieu de l'enfance, du paradis perdu. Maison, fourneau, jeux, devoirs vite terminés, fleurs, tout cela n'appartient pas à un ailleurs que l'on pourrait retrouver, mais à un passé désormais inaccessible. Une gamine de onze ans a conscience de tourner une page. Elle quitte l'insouciance pour entrer dans l'épreuve et le travail. Il le faut quand on veut devenir institutrice. Elle se projette avec inquiétude dans le futur : « Quelquefois je pense qu'un jour je serai grande, vieille, que j'aurai un mari, des enfants, et cela surprend la petite fille, le bébé que je suis encore dans mes manières, dans mes gestes. » Tu avoues à ton cahier que tu suces encore ton pouce.

96. Ô les beaux dimanches, quand on est en sixième, interne au cours complémentaire de Pontarlier ! Par exemple, ce 25 novembre 1956. La surveillante vous réveille, tu aères ton lit, tu fais ta toilette et t'habilles en dimanche, tu fais ton lit, tu vas déjeuner, tu fais ton service de WC, tu vas au catéchisme et à la messe. (Ta communion solennelle approche, ce jour somptueux, brillant, rayonnant.) L'après-midi,

promenade dans la direction de Houtaud, morne plaine, champs givrés à perte de vue, « maisons incertaines » (joli, pour une sixième !), arbres nus, ciel blanc. Chemin du retour, route verglacée, glissades, bruit des chutes, rires. Internat, étude, rêves de Noël, d'oranges, de papillotes, de noix, de pralines.

97. Vous avez entre élèves des amitiés passionnelles, possessives, exclusives, jalouses. Nicole n'a pas voulu que tu lui dises bonsoir. C'est une autre qui est allée lui chercher son peignoir, privilège qui te revenait rituellement. Tu es déchue, maudite, tu pleures. Tu t'effondres sur l'épaule de Marcelle, une fille de Bregilley qui est en quatrième. Elle vient te border et te dit bonsoir.

98. Au classement général du premier trimestre, tu es première avec plus de seize de moyenne, tu cherches les ennuis. On a abondamment célébré le cancre, le mal-aimé, l'incompris, le rebelle. L'intention était bonne, mais elle a donné naissance à un cliché bien-pensant. On s'est moins penché sur le martyre du très bon élève. J'en parlerai au féminin puisque c'est toi qui m'amènes à cette considération. La très bonne élève, donc, peut trouver dans ses résultats un plaisir d'amour-propre ou de vanité, à quel prix ! Ses camarades reconnaissent ses qualités, l'admirent, mais guettent la défaillance, le point

faible. Dès qu'une fissure le permet, elles ont recours à la vieille panoplie : polarde, lèche-cul, bas-bleu, pas marrante, ne sait pas s'amuser. Tu ne correspondais pas, grande joueuse de belote, à cette image, mais on se moquait de tes gaucheries physiques, de tes difficultés de coordination. (Un grand mystère : tu chantes juste, et même bien, mais tu ne sais pas taper dans tes mains en mesure.) À cause d'une scoliose, tu allais en « gymnastique corrective », tu alimentais malgré toi l'opposition entre l'esprit et le corps. Surtout, tu avais le grand tort, dans les discussions, de ne rien laisser passer. Ce qui te semblait inexact ou illogique, tu le relevais, tu argumentais, sans te fatiguer. Les autres se lassaient, finissaient par dire agressivement « tu veux toujours avoir raison ! ». Réalité aggravante, tu ne répugnes pas aux raisonnements paradoxaux, provocateurs, tu aimes défendre l'indéfendable, te faire l'avocat du diable. Tu te condamnes à la ciguë, tu es une prétentieuse, une chieuse. Un soir tu fais semblant de dormir, tu entends les filles qui disent du mal de toi, même celles qui étaient aimables dans la journée. Tu souffres de la solitude en même temps qu'elle est ton refuge, ton îlot vital. Tu es effectivement différente des autres, mais cette différence va plus loin qu'une différence de goûts ou de compétences intellectuelles. C'est une différence absolue, essentielle, qui fait de toi un personnage romantique.

99. Mais tu as une précieuse amie. Une fille a compris que tu étais seule et constituais une proie facile, elle a pris ta défense. Ses parents tiennent une ferme à L'Isle-sur-le-Doubs, elle parle de foins, de moissons, tu la sens proche de toi. Petite, joli visage rond, cheveux bouclés, elle a le même prénom que ta grand-mère maternelle, Juliette. Vous vous aimez tellement qu'elle t'appelle Roméo, mais seulement quand vous êtes seules et dans ses lettres.

100. En novembre 1956, tu écris un court roman épistolaire. Une jeune fille coquette, cruelle, s'adresse à son fiancé : « J'espère que tes Coréens du diable ne t'ont pas coupé en morceaux et digéré. Je te regretterais. Non pas que je n'aurais plus d'autres partis, non ! D'autres se laisseraient prendre au piège de mes yeux veloutés, de mon teint de fleur, de ma petite bouche, de mes doigts effilés, de mes pieds menus. Mais vois-tu, ils ne me gâteraient pas tant. [...] Je te quitte, chéri, car je vais m'apprêter pour aller valser. Je mettrai la robe de satin broché que tu aimes tant. » En réponse, elle reçoit une lettre de rupture, se fait traiter d'« enfant gâtée, frivole et superficielle ».

101. Tu réfléchis sur l'amour, « cette grande chose si facile et si compliquée ». Celui que tu

appelles « Lui » sera plus grand que toi, plus âgé de deux à cinq ans, plus fort. Tu veux qu'on veille sur toi, qu'on te protège. Peu importe la couleur des yeux et des cheveux, mais tu exclus le « lin blond pâle ».

102. *Elle*, 11 mars 1957, courrier du cœur. À une lectrice de dix-sept ans qui se plaint de ne pas pouvoir sortir librement, Marcelle Segal répond : « À vingt et un ans vous serez libre. Et responsable, ne l'oubliez pas. Pour l'instant, c'est papa-maman qui le sont. C'est pourquoi ils doivent vous contrôler. Aussi sûr qu'ils doivent vous nourrir. » Une autre lectrice a « cédé » à son fiancé. Forte désapprobation de Marcelle Segal.

103. Il se dit que la fille des gardiens est malade. Elle a dans le ventre un frère jumeau qui, en grandissant, la ronge, la détruit, l'étouffe de l'intérieur. Tu la vois à la fenêtre de la loge, pâle, rêveuse, jolie. Quand elle meurt, tu sombres dans une tristesse vaste et obscure comme le gouffre de Poudrey. Pour la première fois, tu es confrontée à la mort d'une enfant. Mort due à la rivalité vitale et sans issue d'une sœur et d'un frère, d'une sœur enceinte de son frère, enceinte d'un cancer. Liens du sang, liens sanguinolents, grossesse, maladie, tumeurs, tout se mêle dans des formes tourmentées où revient le chat roux noyé par la grand-mère.

104. Le 2 mars 1957, tu traites ce sujet : « Votre grande sœur ou votre grand frère s'apprête à sortir le soir : ses gestes, ses actions ». Beau sujet, à donner dans les écoles de romanciers, surtout aux élèves qui n'ont pas de grande sœur, pas de grand frère. Je te lis : « Comme il y a bal, ma grande sœur se met sur son trente et un. Il s'agit d'être admirée, n'est-ce pas ? Avec mille précautions, elle passe sa belle robe soyeuse et bruissante. Puis, s'approchant de la glace et faisant des grâces à son image, elle édifie un magnifique nœud qui s'épanouit dans son dos. » Cette dernière proposition est soulignée en rouge ondulé. Dans la marge de quatre carreaux, on peut lire cette annotation de la même couleur et de la même main : « De quel nœud voulez-vous parler ? » Tu es en sixième A et on t'initie ainsi à l'argumentation poétique : « L'hiver est triste, dit-on souvent. Êtes-vous de cet avis ou non ? Quelles sont vos raisons ? » Tu as compris le jeu. Bien sûr qu'il faut dire que l'hiver n'est pas triste : « Bonhomme Givre et Dame Gelée, d'un coup de baguette, métamorphosent les simples carreaux en vitraux ciselés ; les vulgaires arbres frissonnants en dentelles festonnées ; les lignes électriques en fils de verre sculptés. » Mais tu sais qu'il faut un « mais » : ce froid qui te fait mal aux joues et aux dents, qui fait sauter les conduites d'eau, tue les oiseaux et t'oblige à porter des

pantalons qui grattent. Rien en rouge dans la marge, mais ton biographe constate la double absence d'une synthèse et d'une conscience sociale. Pas le moindre couplet sur les pauvres, alors qu'il y en a deux ou trois à Bregilley.

105. Ton journal, au 15 mars 1957 : « Aujourd'hui il est arrivé quelque chose de fantastique et profondément ennuyeux. Je te jure que j'en ai par-dessus la tête. (Tu t'adresses à ton cahier.) Figure-toi que je suis formée. C'est ce soir que je m'en suis aperçue. »

Ton journal, au 19 mars : « Je n'ai encore rien dit à maman au sujet de l'événement, ce sera pour la grande sortie. »

Ton journal, 28 mars : « Maman s'est aperçue seule de la chose en rangeant ma valise. C'est préférable. Cependant, je ne le savais pas et je le lui ai dit. »

« Je suis formée », « l'événement », « la chose » : nous ne sommes qu'au vingtième siècle, à la moitié du vingtième siècle.

Je l'avoue, cette page de ton journal est celle qui me bouleverse le plus.

106. À douze ans, tu écris des poèmes que tu recopies soigneusement sur un cahier. Chacun est signé et daté. Dans « Soirée d'été », à côté des lieux communs sur le coucher de soleil, cet alexandrin estimable, hors du poétique : « Les

rituelles veillées, les parties de belote». Tu écris de petites chansons niaises, pleines de prés étoilés, d'oiseaux, de ruisseaux, de ponts, de vallées, mais tu sais tenir un rythme. (Qu'il est difficile, le jugement des œuvres d'une enfant de douze ans!) Des poèmes chantent le village, l'enfance perdue, la solitude. Dans une déclaration d'amour à ta maman, deux vers étonnent, détonnent: «Je t'aime parce que tu m'aimes. / Mon amour est tout égoïsme.» Tu écris des vers de mirliton sur l'air de telle ou telle chanson. «Le plus beau de tous les tangos du monde» te fait écrire sur ton frère «Le plus beau de tous les singes du monde»... Pendant des années, tu t'entoureras de poèmes comme un hérisson de feuilles. Ce sera ton habitat, ta protection, ton isolant.

107. Certains t'appellent Minou Drouet. Ou, plus méchant encore, la Minou Drouet de Franche-Comté, voire la Minou Drouet du Haut-Doubs. Qui t'a offert, de cet auteur, *Le Pêcheur de lune*? Sur la couverture, ta rivale a un ridicule ruban perché au sommet de cheveux tirés en arrière, des yeux dont la photo truquée fond la pupille et l'iris dans le même noir, comme si cela devait donner de la profondeur à la frimousse. Vous n'écrivez vraiment pas de la même façon, vous n'êtes pas de la même école:

elle pratique le vers libre et dispose des poèmes en forme d'escaliers. Qui descendent.

108. « Je m'engage aujourd'hui librement », chantes-tu le jour de ta communion solennelle. Tu as aimé les trois jours de retraite qui ont précédé. Pas d'école, chanter, répéter le grand spectacle. Reine d'un jour, robe blanche, cierge, cortège, dragées, cadeaux (montre, missel, liseuse en cuir, verre doré dans lequel on ne boira jamais). Garçons et filles échangent leurs images de communion, en donnent en souvenir aux parents et amis. Les livres de messe en sont pleins. Les Morteau ont mis leurs habits des grands jours, l'oncle José n'a pas encore fait son attaque cérébrale. Le repas a lieu dans la salle à manger de la maison commune. Gisèle Alf sort ses cahiers de chansons, illustrés par ses soins dans sa jeunesse. Ils circulent, donnent de la mémoire et des idées, vous chantez. Mais le souvenir le plus fort est celui d'une injustice. Tu as été classée première à l'examen de catéchisme. L'usage veut ou fait que la première fasse la quête à la messe. Le second ou la seconde fait la quête aux vêpres. Sans explication, le curé t'a dit que tu faisais la quête aux vêpres. C'est la fille d'une grande famille paysanno-catholique, deuxième à l'examen, qui fait la quête à la messe. Le jour du renouvellement des vœux du baptême, tu t'en éloignes à grande vitesse.

109. Frais minois, les yeux clairs, tu ressembles, t'a dit la tante Ida qui t'a donné un article avec photo, à la princesse Fazilé, seize ans, fiancée du jeune roi d'Irak, Fayçal. Quand elle a été demandée en mariage, elle préparait le bac à Paris, à l'institution Clouet d'Orval. Elle aime le personnage d'Antigone, Saint-Exupéry, et offre volontiers *Terre des hommes*. Elle aura dans son royaume Bagdad, Babylone, Ninive, Suse, Ur... Elle est vraiment belle. Tu penses que la tante Ida exagère avec son idée de ressemblance. Un faux air, c'est tout, quand, appuyée à la cheminée de l'appartement de Passy, elle parle avec son frère, le prince Ahmed Rifaat... Tu ne crois pas en ta beauté.

110. Tu as grandi trop vite et n'as pas trouvé ta place dans ton corps. Tu n'aimes pas ton nez que tu trouves trop large, trop légumier. Tu n'aimes pas tes genoux ni tes mollets. Tu as des mains de taupe. Des yeux, des cheveux et un sourire, cela suffit-il pour être aimable ? La preuve que tu n'es pas Vénus, tes pieds complètement ratés. L'orteil central, mal formé, s'enfonce et se replie entre les autres, ressemble à un sabot de cheval. C'est inesthétique, gênant, douloureux parfois, et cela empêche de porter des chaussures trop pointues.

111. Toujours à douze ans, tu analyses ta difficulté d'être : « J'ai faim de perfection. Je voudrais être parfaite et que tous ceux qui m'entourent, que tout ce qui arrive atteigne le degré de perfection le plus élevé. Mais c'est impossible, et c'est peut-être pourquoi je suis si timide et presque conquise par un complexe d'infériorité qui me rend malheureuse. C'est peut-être pourquoi ces sautes de caractère, ces changements d'humeur ennuient mon entourage si souvent. C'est peut-être pourquoi je pleure quand il faut quitter ce à quoi mon âme s'est attachée avec tant d'amour, c'est peut-être pourquoi si souvent la révolte gronde en moi et que la jalousie me mord, que l'impression douloureuse d'être brimée me transperce parfois, c'est peut-être pourquoi j'ai tant soif de tendresse vraie et que jamais je ne suis satisfaite de moi, c'est peut-être pourquoi l'injustice m'accable plus que les autres et que ma conscience me tiraille plus que celle de mes camarades. Je ne sais si tous les humains sont ainsi mais je suis d'une complexité effarante et je m'étudie beaucoup. Je m'analyse et cherche à analyser les autres, à expliquer leurs attitudes, leurs paroles, leurs gestes, comme je le fais pour moi. Il est des instants où je voudrais avoir dix-neuf ans, d'autres où je ne voudrais jamais grandir, suivant l'impression qui me domine. J'aime et je déteste les garçons, et je rougis quand ils me regardent. J'ai toujours l'impression d'être moins

belle, moins intelligente, moins bien vêtue que les autres et d'être une éternelle incomprise considérée comme un peu folle. J'ai tellement peur d'être ridicule que j'en deviens ridicule. Et il me semble que ma mère préfère ma sœur, que personne ne m'aime. Je me fais peut-être "des idées", je me crée peut-être des chimères mais elles sont là et me rendent malheureuse. C'est peut-être pourquoi je L'attends avec tant d'anxiété afin qu'Il me débarrasse de moi-même, de ce moi-même qui m'encombre et m'empêche de m'épanouir. »

112. Caroline et Nicolas Anouilh font la rentrée d'octobre 1957 à Notre-Dame-du-Bel-Air, établissement de Montfort-l'Amaury. Les fils de Jean Vilar à l'école nouvelle La Source de Meudon. Jérôme, fils de Jeanne Moreau, entre en sixième à Saint-Thomas-d'Aquin. Olivier de Funès à l'école communale de la rue Turgot. La fille d'Edgar Faure au lycée Molière. Le fils de Robert Lamoureux à l'Ermitage de Maisons-Laffitte. Le fils de Bourvil à l'école Blaise-Pascal, la fille d'Anouk Aimée au cours Hattemer. Anne Brisart fait sa deuxième rentrée au cours complémentaire de Pontarlier. Elle a une nouvelle robe de chambre, turquoise, en nylon doublé de nylon.

113. De Gaulle revient, ta mère fait une fausse couche. Tu es en pension, Pierrette assiste à

l'événement, y participe. Elle est allée sous la pluie chercher la sage-femme, toujours la même, Adélaïde Bépois. L'institutrice les quatre fers en l'air sur la table de la salle à manger, Adélaïde a extrait, posé sur une assiette un morceau de chair qui ressemblait à une paupiette. Les deux femmes ont « baptisé » la chose en récitant « Au nom du Père, au nom du Fils, au nom du Saint-Esprit », mais il fallait absolument ne pas dire « Amen ». Pierrette n'a pas pu, comme on le lui demandait, jeter la paupiette dans le fourneau. C'est Adélaïde qui a pris le tisonnier, soulevé les ronds, remis du bois et renversé l'assiette au-dessus des flammes.

114. Tu as déjà ton écriture adulte. L'encre noire donne aux devoirs une belle austérité. Tu soulignes d'un trait ou deux, toujours en noir. Rien à voir avec les copies modernes et leur débauche criarde de couleurs. Seul le professeur ajoute du rouge. C'est fou ce qu'il faut ingurgiter dans ces années de collège. Un parallélogramme est un quadrilatère qui a ses côtés parallèles égaux, un rectangle est un parallélogramme qui a un angle droit, un carré est un rectangle raccourci, un parallélogramme qui n'est ni un rectangle, ni un carré, ni un losange est un carton écrasé. Monômes et polynômes, girondins et montagnards, traités de Westphalie et traité des Pyrénées, propriétés physiques et chimiques du soufre... J'en ai le tournis et exé-

cute l'ordre que donne la première question d'un devoir de musique : « Compléter par des silences ».

115. À force de parler de crise d'adolescence, on ne mesure plus exactement ce que cela implique, on affaiblit l'expression pour n'y voir qu'un conflit inévitable entre générations, un mauvais moment à passer, banal puisque universel. À quatorze ans, ta crise est carabinée. Grande nouveauté par rapport au malaise des douze ans, tu as jugé tes parents, renversé leurs statues. La mère qui ne se rend pas disponible, te rabroue, crie, évite le terrain de la tendresse. Le père qui conçoit les autres en fonction de ses propres activités, les utilise, apparaît de plus en plus comme un tyran.

116. Marcel Brisart reçoit *La vie des métiers*, journal auquel est lié *Pour vous madame*. Ce magazine organise un concours : la plus belle lettre écrite pour la Fête des mères. Président du jury André Maurois, premier prix un voyage à Florence, en Caravelle, pour l'auteur et une personne de son choix. Tu écris une lettre. Le règlement du concours exige le visa de ton professeur de français. Tu la montres à Mme M. qui te suggère quelques amendements. Tu refuses d'en tenir compte, tu envoies la lettre, tu gagnes ! Quelle joie pour toi et ta mère ! Quelle colère pour ton

père ! Il ne veut pas te laisser partir là-bas, chez les macaronis. Il a besoin de toi pour vendre au magasin et, point faible du concours, les trois jours de séjour sont à la charge du vainqueur. Pas d'argent à foutre en l'air ! Ta mère les aurait payés, ces trois jours, mais ton père s'y oppose férocement, avec des insultes, des reproches au fer rouge, tout ça est de ta faute, quelle idée de se lancer dans ce genre de conneries ! Tu dois renoncer à ce voyage, *Pour vous madame* te donne en consolation un vélo et un poste à transistors. Tu en veux beaucoup à ton boulanger de père qui ne pense qu'à l'argent. Certes, il a travaillé jeune et c'est un courageux, mais on esquinte la vie de sa famille si l'on ne pense qu'au travail. Tu en as assez des vacances gâchées, du magasin. Ce refus a irrémédiablement fêlé votre relation. Sur ton cahier, tu écris et répètes « Je hais l'argent ! ».

117. Tu reproches aussi à ton père cette inconséquence : lui, qui ne veut pas mettre d'argent en l'air, achète la télévision ! Tes parents sont les premiers habitants de Bregilley à avoir un poste, mais les débuts se révèlent laborieux, les ondes se heurtent aux sommets, s'égarent dans les vallées. Le vendeur vient plusieurs fois de Pontarlier, change l'antenne de place sur le toit et dans le grenier, l'image reste floue. Au bout de quelques mois, le football se jouera avec un seul ballon. Des hommes du village viendront voir les matchs,

commenteront, crieront, ce sera gai. Puis ils auront la télé à leur tour et ne viendront plus.

118. Je risque de donner de ton père une image trop dure, incomplète. Ne pas oublier, puisque tu ne l'oublies pas, qu'il te fabriqua une magnifique luge. Jusqu'à quel âge t'offrit-il une poupée en pain, faite spécialement pour toi ? Tu aimes te souvenir de ces dimanches de l'enfance, le matin, quand le boulanger traînait un peu au lit, que les deux sœurs allaient se nicher entre les parents. Alors Marcel Brisart racontait l'histoire de l'éléphant blanc et du rat qui logeait sous l'escalier du fournil, deux héros de feuilletons qu'il improvisait, ne résistant pas à la supplication de ses deux filles.

119. Tu as quatorze ans et ta mère est enceinte. Cela vous rapproche, vous avez en commun la possibilité de procréer, vos serviettes périodiques sèchent au même fil. Mais tu es la seule à te réjouir de cette naissance. Ta mère a déjà tellement de travail, et elle ne se sent plus toute jeune. Cette fois, elle renonce aux services de la sage-femme Adélaïde Bépois et veut accoucher à la clinique de Pontarlier. Elle lit *J'attends un enfant* de Laurence Pernoud. Ce bébé Ogino est un garçon, Olivier. Tu écris pour sa venue au monde un poème. Tu l'aimes ce petit, tu veux le protéger.

D'ailleurs on te bombarde marraine. Le parrain est le cousin Charlie.

120. « Je m'engage aujourd'hui librement », Pierrette aussi le chante le jour de sa communion, en tout pareille à la tienne, sauf que les cadeaux sont pour elle. Tu ne sais plus si elle a fait la quête à la messe ou aux vêpres, ou pas du tout.

121. Les élèves du cours complémentaire n'apprennent pas le latin, réservé aux gens bien que tu appelles les gens mieux. Persuadée que tu vas faire des études, ta mère voit là un handicap. L'institutrice de l'école laïque va demander au curé s'il veut bien donner des leçons de latin à sa fille. Et tu te rends au presbytère, belle maison entourée d'un jardin qui n'est pas de curé. Devant, des pelouses séparées par une allée de gravier ; derrière, une prairie où un paysan vient mettre ses chevaux. Ils penchent la tête pardessus le mur, regardent les tombes, les vieilles femmes qui, de broc en bouilloire, n'en ont jamais fini avec le nettoyage du cimetière, comme elles n'en ont jamais fini avec le nettoyage de leur cuisine. Le curé te reçoit dans un petit salon dont les murs ne sont pas à angle droit, dont les fenêtres ont des vitraux. La lumière colorée a une chaleur que tu n'as pas connue derrière les vitraux de l'église, cela doit

tenir à la dimension de la pièce, un boudoir qui serait parfait pour se parler d'amour mais vous n'êtes pas là pour ça. Tu as bien pensé à l'histoire de la quête aux vêpres mais tu veux séparer les problèmes. Tu comprends que le curé doive ménager les plus importantes familles, qu'il t'ait sacrifiée à l'équivalent de la raison d'État, la raison de paroisse. C'est le latiniste que tu viens voir. Tout un été, avec sérieux et peut-être plaisir, il t'enseigne les bases. À toi de continuer avec des manuels, il t'en croit capable. Le jour de la dernière leçon, tu vas au presbytère avec, sous le bras, un plat ovale, un lapin que tes parents lui offrent en remerciement.

122. La tante Élisabeth, à qui tu as envoyé des poèmes, t'encourage, te conseille de travailler le sonnet, la forme parfaite. Elle te recommande de lire Ronsard, du Bellay et quelques poèmes de Baudelaire, car ils ne sont pas tous lisibles à ton âge. Comme elle ne précise pas lesquels sont lisibles, tu lis la totalité des *Fleurs du mal*, avec volupté. Tu as trouvé facilement le recueil dans la bibliothèque. Le livre maudit, caché dans le haut du meuble, tu te demandes bien pourquoi : les contes de La Fontaine.

123. Au premier janvier 1960, Juliette t'envoie ses vœux. « Je te laisse établir seule la liste de tes souhaits dans le secret de ton cœur. » Elle met à

profit le changement d'année pour prendre de la hauteur, considérer l'évolution historique : « L'année dernière, c'était la vogue du hulahoop. Maintenant, les scoubidous. »

Comme pour les modes, une mort chasse l'autre. Après Gérard Philipe, Fausto Coppi. Heureusement, Brigitte Bardot est enceinte, l'avenir existe.

124. Petite élève d'un petit cours complémentaire, tu écris, en troisième, au président de la République, au grand Charles lui-même, l'idole de ton père (sur le bouchon d'une bouteille il a une tête de de Gaulle). Tu ne sais pas s'il s'agissait d'un exercice de style ou si tu avais l'intention d'envoyer la lettre. Ton biographe en a le brouillon dans ses dossiers. Contenu sérieux, respectueux, comme un cahier de doléances. Tu décris la dure condition des collégiennes internes qui voient leurs parents et leur village tous les quinze jours, s'usent les nerfs et les yeux en apprenant leurs leçons à la lumière d'une lampe électrique. (Tu ne parles pas de la lecture des romans.) En conclusion tu demandes l'assouplissement du régime des internats et l'allégement des programmes. Nous sommes en janvier 1960. À Alger, on dépave la rue d'Isly, tu ne le sais pas.

125. J'ai oublié ce que veut dire BEPC, oublié bien davantage qu'un premier groupe d'épreuves

avait lieu dès le deuxième trimestre. Le 25 février 1960, tu passes le brevet. La veille, ta mère t'envoie ses encouragements et un vœu : que tu gardes « l'insouciance de tes toutes premières années de scolarité ». Tu es reçue au premier tour, en es heureuse et triste. Cela te met hors jeu pour la suite de l'examen. Pendant que les autres vont être ensemble dans l'action, tu ne seras pas concernée. Le succès et l'élimination se ressemblent comme deux gouttes d'eau.

126. Mais tu passes aussi le concours d'entrée à l'École normale de Besançon. Depuis toujours, tu veux être institutrice. Ta mère t'a donné un beau modèle et ton statut d'aînée a fait le reste pour sceller ta vocation. Ton rôle en ce bas monde est d'instruire. Enseigner le nom des plantes, le respect du vivant et l'art des bouquets, le vrai, le bien, le beau. Cette mission t'est tombée dessus, il ne faut pas se dérober.

127. Les élèves qui préparent l'École normale reçoivent en français, en histoire-géographie et couture, l'enseignement de la remarquable et remarquée Mme C., connue comme le loup blanc, ou plutôt le loup rouge. Vous la dites communiste mais vous avez l'étiquetage hâtif et approximatif. Antigaulliste, anticolonialiste, antiraciste, cela suffit. Quand vous faites de la couture, elle vous lit *La Case de l'oncle Tom*. Tu lui

dois une approche de la littérature qui ne sera plus seulement psychologique ou esthétique, une préparation à Sartre... Un jeudi, elle sent que tu as un cafard bien serré. Passant par-dessus les règlements et les problèmes de responsabilité, elle t'emmène pour une sortie sauvage, dans sa vieille 2 CV, jusqu'à Bregilley. Vous faites la collation avec tes parents stupéfaits et revenez à Pontarlier en devisant. Les élèves respectent tellement Mme C. qu'elles ne parlent pas de favoritisme. Elles s'inclinent devant ce traitement particulier qui accentue ta marginalité mais fait de toi un être élu des dieux.

128. Au concours d'entrée à l'École normale, le sujet de géométrie commence ainsi : « Soit un triangle quelconque ABC. » À quoi bon imaginer des triangles quelconques ? Parmi les phrases de thème allemand : « Je crois que la princesse n'a jamais vécu », « Le fossé qui entourait le fier château fort avait cinq mètres de large », « Le prisonnier n'avait pas la permission de regarder par la fenêtre ». Le texte de version était d'Eichendorff. En français, on demandait de commenter un extrait de *La Chartreuse de Parme* (les préparatifs du lieutenant Robert après l'invitation de la marquise del Dongo). Princesse qui n'a pas vécu, captivité, chartreuse, les candidates ne pouvaient pas savoir tout ce que cela comportait de signes... Tu as été admissible.

129. Pendant les épreuves orales, catastrophe en couture, tu couds un poignet à l'envers. En musique, tu ne sais pas lire une partition mais tu as appris par cœur les notes de *La Marseillaise* : ré ré ré sol sol ré si sol… Tu as une belle voix, on pense que tu seras une bonne recrue pour la chorale de l'École normale… Tu seras reçue deuxième.

Tu aimes ce rang. Mieux que la première place, à laquelle tu es abonnée depuis le début de ta scolarité, il montre ta valeur. Le combat a été rude, tu as rencontré une belle adversité qui donne tout son prix à ta médaille d'argent.

130. Le terrible de la scolarité, des études, c'est que les succès et échecs, les orientations différentes séparent ceux qui s'aiment. On affiche des listes devant lesquelles des candidats s'agglutinent. De leur présence, de leur absence sur la liste dépend le lieu où ils seront trois mois plus tard. Des associations amicales ou amoureuses peuvent se maintenir, d'autres non. Tu es reçue à l'École normale, Juliette a échoué. Vos chemins vont se séparer, tu ne verras plus tous les jours la gentille-jolie Juliette qui t'a tant soutenue pendant ces quatre années d'enfer pontissalien. Vous vous dites que vous vous écrirez, que vous vous retrouverez pendant les vacances. Mais les trente ans que vous avez à vous deux vous ont suffi-

samment appris, vous savez que plus rien ne sera pareil. Tu quittes le cours complémentaire avec une étrange mélancolie. Tu t'étonnes de ne pas exulter en abandonnant ce lieu où tu as connu l'ennui et les larmes. Sur ton carnet tu écris, le dernier jour de juin : « Adieu à Juliette. C'est fini. »

131. Dans une grande feuille de papier d'emballage, provenant d'un colis envoyé par les éditions Bourrelier à « Madame la Directrice de l'école de filles de Bregilley », tu disposes tous tes devoirs de la classe de troisième (3e A). Composition de sciences sur contagion, immunité, vaccination, sérothérapie. Devoirs d'algèbre, de géométrie, d'allemand, d'histoire. Devoir de physique où tu dessines un pyromètre éteint puis allumé. Devoir de musique (« Quelle est la différence entre les altérations accidentelles et les altérations constitutives ? »). Beaucoup de compositions françaises... Que tu parles de ton village, de la volonté, du sport, tu joues la comédie, tu singes avec talent Daudet, Theuriet, Duhamel... Tout cela fait un gros colis que tu entoures de ficelle. Sur le papier brun, tu écris un texte où tu fais parler toutes ces copies, tous ces devoirs, « vestiges des bons et des mauvais jours ». Texte destiné à un archéologue du futur, à un historien de la pédagogie, à un fouilleur de grenier ou à un extraterrestre : « Nous sommes

les représentants d'un travail. Imaginez notre histoire et respectez-nous. »

132. « Le premier long vol de tes jeunes ailes » : l'oncle Jean devient lyrique quand il parle de ton voyage en Allemagne. Quatre cents kilomètres en train pour aller chez ta correspondante Hannemarie, à Sarrebruck. Plaisir de liberté et tristesse du départ. Tu découvres l'Allemagne, cette poésie que tu retrouveras dans les *Rhénanes* d'Apollinaire, un art de vivre, cette délicieuse et parfois infime différence dans le monde des objets, le sentiment d'un plus grand sens du confort. Le père d'Hannemarie est directeur de prison. Un jardin sépare le pavillon familial et les bâtiments pénitentiaires. Surveillé par un gardien, un prisonnier sarcle, prépare des plates-bandes, plante. Tu te demandes ce qu'il a fait. Cet homme qui a tant d'égards pour les fleurs a peut-être tué, violé.

133. Le collège quitté, admise à l'École normale, tu deviens grande. Si l'on en croit les publicités de *Elle*, c'est à quinze ans que les filles commencent à mettre des bas. Tu respectes le rythme. Avec tes porte-jarretelles, tu changes de catégorie. C'est aussi le moment du premier bal, et tes parents t'emmènent danser à Avoudrey. Tu as le trac, tu as peur de faire tapisserie, de t'emmêler les pieds, de rougir. Pourtant tu as répété des heures le pas du tango dans la cuisine,

à en faire chauffer le tourne-disque. Inquiétudes vaines, tu as dansé toute la soirée. Parmi les personnes qui t'ont invitée, ton père et ta mère. Marcel a les jambes un peu tassées, pliées comme s'il ne s'était pas vraiment mis debout en quittant la table. Gisèle sait valser à l'envers, tu as la fierté d'être sa seule partenaire pour cet exercice. Pas de coup de foudre. La scène du bal dans *La Princesse de Clèves* ne se reproduit pas. À un autre bal, tu es invitée plusieurs fois par le fils de Fortin, le boulanger de Finans, le rival de ton père. L'histoire des Capulet et des Montaigu ne se reproduit pas non plus. À un autre bal, un garçon t'invite avec assiduité. Physique et vêtements gris, il fait peine à voir mais tu ne veux pas refuser, tu ne veux pas blesser. Probablement illusion olfactive, tu crois qu'il sent la naphtaline. Conversation aussi triste que sa personne. Il pratique la valse de façon appliquée, mécanique. Avec Pierrette, vous l'appellerez Le Croque-Mort… À aucun bal tu ne souffres de la présence de tes parents.

134. Tu aimes raconter des histoires à tes cavaliers. Tu dis que tu élèves des scorpions, et on te demande comment tu les nourris, si ce n'est pas dangereux, s'il ne fait pas trop froid dans ces contrées. Ou tu dis que tu consacres tes loisirs à la tapisserie pour t'entendre répondre inmanquablement qu'au bal au moins… Une fois le postu-

lat de ta fiction posé, tu as réponse à tout et danses comme une vraie romancière.

135. Comme chaque année pendant l'été, la maison commune de Bregilley abrite une colonie de vacances. Gamins, moniteurs, monitrices, cela apporte jeunesse, gaieté, chansons. Et du pain à faire. Souvent, une équipe s'arrête devant la boulangerie, les enfants tirent des friandises au distributeur rouge que Marcel Brisart a fixé au mur. Un mécanisme fragile qui se détraque, où les pièces se coincent… Tu es à la cuisine quand une volée de mômes se pose et piaille, avide de cachous et de chewing-gums. Une voix s'élève pour mettre de l'ordre, forte et sans colère, une belle voix. Tu viens à la fenêtre pour voir de quelle bouche, de quelle gorge elle sort. Et là, pour la première fois, la deuxième si l'on compte le gamin de Morteau, tu ressens ce trouble dont parlent les romans. Une émotion, une onde dans le corps, un battement venu d'où ? Le moniteur ne ressemble pas vraiment à Gérard Philipe mais il a comme un air de famille. La finesse du nez, le mouvement des cheveux. Un garçon l'appelle : Raphaël. Dès lors tu guettes tous les déplacements de la colonie, repères les enfants de son équipe, attends les retours de promenades. Chaque fois le même dérangement intérieur. Tu te portes volontaire pour livrer le pain à la colonie, aller rechercher les paniers. Tu parles avec Cécile Donier, la cuisi-

nière, tu lui dis que les monitrices et moniteurs sont très sympathiques, tu les passes en revue en prenant soin de ne pas commencer par Raphaël. Quand vient son tour, Cécile te confirme qu'il est très gentil, t'apprend qu'il fait ses études à l'école d'horlogerie de Besançon. Vraiment ce qu'il y a de mieux fait et de plus agréable à la colonie. Un jour il entre au magasin demander de la monnaie, des pièces pour le distributeur, vous êtes seuls, tu rougis à en avoir honte. Lors de l'une de tes livraisons de pain, les moniteurs jouent au ping-pong, parlent, plaisantent dans la cour de l'école. Tu poses ton panier et te mêles aux spectateurs. Raphaël surpasse de si loin tous les autres et se rend tellement maître de la conversation que, par l'air de sa personne et l'agrément de son esprit, il fait une grande impression dans ton cœur. Tu ne peux t'empêcher d'être troublée de sa vue et d'avoir pourtant du plaisir à le voir. Ta mère s'en aperçoit et te taquine. Quand vient la fin de la colonie, les valises et les sacs s'entassent sous le préau, les enfants et les moniteurs montent dans le car, tu es triste, très triste. Ce garçon à qui tu n'as jamais parlé, tu espères le revoir à Besançon.

136. Françoise Dorléac n'a que deux ans de plus que toi. À dix-sept ans, elle est une magnifique Gigi dans ses taffetas bleus et blancs, tes couleurs. Elle a les mêmes bras, les mêmes mains, les mêmes cheveux que toi, une expression du

regard et du sourire que l'on retrouve sur certaines de tes photos. Elle incarne la forme de beauté qui t'est accessible. (Tu sais bien que tu ne seras jamais Brigitte Bardot.) Et puis, Gigi, c'est le diminitif du prénom de ta mère. Tu as demandé à la tante Ida cette photo de Françoise Dorléac en Gigi, dit que tu aimerais une robe de ce style, mais moderne, sans les fanfreluches de la Belle Époque, une équivalence de matières et de couleurs. Tu seras exaucée trois ans plus tard.

137. Pendant les vacances qui précèdent l'entrée à l'École normale, il faut préparer son « trousseau ». C'est l'expression consacrée, on épouse une carrière. La direction de l'EN a envoyé la liste de ce qu'il fallait apporter. Tu marques ton linge, n° 423.

Tu attends beaucoup de cette École normale que tu imagines comme une abbaye de Thélème. Non à cause d'un « Fay ce que vouldras » mais de la qualité des pensionnaires. Si l'on ne parle pas d'« élitisme républicain », tu te réfères à un idéal qui doit s'en rapprocher. Tu vas te trouver avec d'autres filles qui n'étaient pas destinées aux lycées bourgeois, qui ont passé un concours, tu es impatiente de les rencontrer, comme un sportif qui va rejoindre une équipe de haut niveau, une sélection. Tu vas fréquenter des filles qui comme toi aiment les livres, tu vas pouvoir parler avec elles de Graham Greene et de Saint-Exupéry…

Pendant l'oral du concours, tu as vu des candidates très attirantes, impressionnantes même. Belles, mais de cette beauté qui semble indiquer une intelligence singulière, de cette beauté que donnent les qualités supposées. Comment as-tu fait pour être reçue deuxième ? Tu veux les connaître, ces ex-rivales devenues tes congénères.

138. Marmotte à l'envers, sans saisons ni raison, Juliette a pris 3 kilos dans l'été.

139. « Je m'engage aujourd'hui librement. » Entrant à l'École normale, tu signes l'engagement décennal. L'État veut bien payer les études des jeunes méritants mais il leur demande, en échange, d'être à son service pendant dix ans. Ou ils doivent payer une somme symbolisant, plus que représentant, l'argent qu'ils ont coûté à la collectivité, que dis-je, à la République. Cet engagement ne te gêne pas puisque tu veux être institutrice.

140. Pour sa rentrée en quatrième, Pierrette ne retourne pas à l'internat de Pontarlier. Elle a dit qu'elle en avait assez de cette prison et tes parents l'ont confiée à une amie, institutrice et veuve ravie d'accueillir chez elle une fille de Gisèle Alf. Tu ressens cette faveur comme une cuisante injustice. On t'a laissée pleurer quatre ans dans cet internat, et Pierrette on l'en retire au bout de deux !

141. Tu y vois la preuve que tes parents préfèrent ta sœur. Ils disent que l'expérience les a instruits, qu'il est inutile de laisser souffrir une gamine. Maudite condition d'aînée ! Tu essuies les plâtres, tu es le brouillon, ce serait trop beau si l'on pouvait dire le jardin d'essai. Tu pâtis de toutes les erreurs dont la correction profite à ta sœur.

142. La Juva prend la rue Battant, grimpe la rue de la Madeleine. Ta mère te montre où est l'école normale de garçons. La Juva grimpe, grimpe, franchit un portail, s'arrête entre une chapelle et un bâtiment où se trouve l'internat. Tu loges au premier, dans un box pour quatre, divisé par une cloison qui ne monte pas jusqu'au plafond. Ta voisine est déjà là, qui range son armoire. Grande et mince comme la sprinteuse américaine qui a gagné le cent mètres et le deux cents aux jeux Olympiques de Rome, Wilma Rudolph. Cette fille de Montbéliard qui a des allures de gazelle mais n'est pas noire s'appellera donc Wilma. Tu ne revois pas le départ de tes parents comme tu le revois pour ton entrée au cours complémentaire. Les temps ont changé, tu ne pleures plus, tu es avide de connaître.

143. L'École normale de filles était installée dans le fort Griffon, créé par l'ingénieur italien

Griffoni, et transformé par Vauban. Au dix-huitième siècle il servit de prison. Cette fonction et cette origine italienne imposaient le rapprochement avec la citadelle de Parme : le fort Griffon était le meilleur lieu pour lire *La Chartreuse*. Depuis l'esplanade on dominait la ville et, en particulier, l'École normale de garçons, rue de la Madeleine. Les normaliens, pour se montrer, n'avaient pas de volière, pas d'oiseaux à soigner. Mais un terrain de handball, et ils adoraient ce sport. Comme des Fabrice et des Clélia, normaliens et normaliennes correspondaient en traçant des lettres dont l'apparition successive formait des mots. Trop éloignés, ils ne pouvaient les tracer sur leur paume ni sur une feuille de papier. Ils les dessinaient dans l'air, avec d'amples mouvements de l'avant-bras. (Il fallait apprendre à les tracer à l'envers.) Une Gina dut la nuit envoyer des messages avec une lampe... Si une normalienne était surprise en flagrant délit de communication, ses geôlières la privaient de sortie.

144. « Mais ceci est-il une prison ? Est-ce là ce que j'ai tant redouté ? Au lieu d'apercevoir à chaque pas des désagréments et des motifs d'aigreur, notre héros se laissait charmer par les douceurs de la prison. » À ton arrivée au fort Griffon, tu fais une expérience inverse de celle de Fabrice. Est-ce là ce que tu as tant espéré ? Cette école où tu as voulu entrer, dont tu as rêvé dans

ta prison de Pontarlier, est une autre prison. Appuyée au parapet de l'esplanade, tu contemples deux panoramas superposés, celui de Besançon et celui de Parme. Tu es enfermée dans ce fort, à la merci de la pire des punitions : la privation de sortie. Votre sort dépend des pionnes et de la directrice que vous appelez « Madame » ou « La Femme ». Quand est apparue l'expression « école ouverte sur la vie » ? En 1960, les futures institutrices vivent coupées du monde, sans journaux, sans télévision, sans radio.

145. La bonne Madame C., qui a pris sa retraite, s'étonne de la description que tu lui fais : rien n'a changé depuis son époque : 1922 ! Elle se souvient du choc quand elle a pris son premier poste, dans un bled au-dessus de Mouthe. Après les grandes idées, la vulgaire et dure réalité. Avec une énergie juvénile, elle s'insurge contre la coupure entre les études et la vie. Par moments on dirait du Marcel Brisart, mais les recommandations que te fait la vieille dame indigne montrent que sa philosophie n'a rien de poujadiste : puisque tu es physiquement mise à l'écart de la vraie vie, il te faut compenser par des lectures, mais des lectures sauvages, autres, des lectures permettant de comprendre le monde réel.

146. Heureusement sont là d'autres prisonnières. Il en vient d'Ornans, le pays de Courbet,

il en vient de Pont-de-Roide, le pays de Bonnot. Il en vient de pays qui n'ont pas produit de célébrités mais dont les noms sentent la violette et le mousseron, le lavoir et l'aiguille de sapin, le lait et la gentiane, la truite et le foin : Sauvagney, Villers-le-Lac, Provenchère, Rosureux, Noël-Cerneux, Chaudefontaine, Fontenotte… Les plus exotiques viennent des cantons de Montbéliard et Sochaux, cantons métalliques qui produisent les voitures Peugeot et les casseroles Japy. J'ai retrouvé un plan de classe indiquant la place de chaque normalienne. (Vous disiez « nonotte » alors que dans d'autres départements on disait « normiche », probablement pour rimer avec cancoillotte et campenotte, nom que vous donnez aux jonquilles.) Tu es au troisième rang à gauche du bureau, à côté de Lilia Versini, fille d'un maçon de Grand-Combe, derrière Colette Rousset dont tu ne te souviens plus. Il y avait Régine Mérot que tu aimais beaucoup, rassurante, réglant tous les problèmes pratiques. Françoise Roland, grosse, un peu à part. Bernadette Vincent, très mignonne, toujours vêtue de couleurs vives. Danielle Monti qui s'ouvrira les veines dans les douches. Édith Viens qui lisait les lignes de la main ; elle te voyait entourée d'écrivains mais voyait aussi des événements très tristes dont elle ne voulait rien dire… Grande différence avec le cours complémentaire, tu n'as plus une amie unique comme Juliette, tu ne t'enfermes plus ou on ne t'enferme plus dans le rôle d'Alceste, tu aimes ta promotion.

147. Il existait dans les écoles normales d'instituteurs et d'institutrices tout un folklore. En particulier une coutume qui peut paraître ridicule. Le normalien et la normalienne qui avaient été reçus au même rang étaient mari et femme « pédagogiques ». Mariage d'ancien régime en quelque sorte, qui ne reposait nullement sur un choix personnel. Mais cette tradition permettait à des garçons et des filles – enfermés dans des internats pendant les quatre ans du collège – de s'écrire, de se rencontrer, de se parler. Ce qui contribuait, sinon à une éducation sentimentale, du moins à une éducation sociale. Le jeu, le marivaudage permis par les titres de mari et de femme avaient une fonction civilisatrice. Hélas, les normaliens de la promotion 60-64 ne montraient guère de zèle, négligeaient leurs épouses. Je te soupçonne d'être pour quelque chose dans la missive collective adressée par les nonottes aux nonots le 8 octobre 1960 : « Nous autres, pauvres femmes abandonnées, venons nous plaindre du délaissement dans lequel vous nous avez plongées. Nous devenons neurasthéniques et du type parfait de la vieille institutrice en retraite. Vous aurez des momies bien conservées. Donc, nous proposons que chaque mari écrive à sa femme, si cela ne vous déplaît pas, messieurs, et si vous

n'avez pas trop de travail. » Lettre transmise clandestinement par les élèves de la classe de philo, seule classe mixte. Cette provocation eut son effet, les normaliens se réveillèrent, tu rencontras enfin ton mari, garçon très sympathique. Vous êtes devenus durablement de bons amis. Tous les couples non pédagogiques ne peuvent pas en dire autant.

148. C'était bien beau d'avoir des maris, mais comment les fréquenter ? Les normaliens et les normaliennes volontaires participaient, le jeudi, à l'encadrement des patronages. Beau geste bénévole qui permettait surtout de sortir, de rencontrer brièvement, précieusement, des normaliens. Tu vas tous les jeudis t'occuper d'enfants à l'école de Montrapon. Sur un carnet sont notées l'heure de départ : 13 heures, et l'heure de rentrée : 17 heures ou 17 h 30. L'instituteur responsable du patronage appose sa signature. Pendant ces quatre heures, tu peux voir quelques minutes ton mari et d'autres nonots. Il vous arrive de boire en ville un diabolo mais il faut que le service soit rapide. Une autre occasion de rencontre était fournie par les concerts des Jeunesses musicales de France. Comme vous aimiez la musique classique ! Le plus beau morceau était toujours l'entracte. Vous alliez même à la messe, comme dans les romans du dix-huitième siècle. Accompagnées d'une pionne qui aurait

préféré vous voir bouffer du curé, vous vous rendiez en rangs à l'église de la Madeleine.

149. Tu as comme correspondants à Besançon un couple d'enseignants amis de la famille. Mme Michelet a été normalienne dans la promotion de Gisèle Alf. De temps en temps, il est agréable d'être accueillie le dimanche midi, de mettre les pieds sous la table, de bien manger. Mme Michelet fait de très bons œufs mimosa. Comme chez la tante Ida, tu aimes cet univers de tapis, de napperons, de vitrines, de tables basses. Dans un petit salon aux murs recouverts d'un tissu Venise bleu, tu aimes parler avec une femme qui a connu ta mère à vingt ans.

150. Comme chez la tante Ida, tu lis les magazines, tu te mets un peu au courant. C'est chez les Michelet que tu as appris la tentative de suicide de Brigitte Bardot. Un garçon de treize ans l'a trouvée sur la margelle d'un puits... La mort de la mère d'Albert Camus, Catherine, née Sintès, 1882-1960. De son cimetière, on a une belle vue de la baie d'Alger. Tu es touchée par la photo de cette femme qui pourrait être de Bregilley... Jean Giono veut quitter Manosque où l'on bétonne, construit des HLM... Farah Diba aussi lit *J'attends un enfant* de Laurence Pernoud... « Je ne donnerai jamais l'Algérie au FLN », dit de Gaulle... Françoise Sagan danse

avec Sacha Distel pour une scène du film d'Anatole Litvak *Aimez-vous Brahms ?*

151. Ce n'est pas pour avoir une autre occasion de sortie que tu t'engages dans la chorale de l'École normale. Comme ta mère, tu aimes chanter. Dès que tu es dans un groupe, dans un car, tu lances l'incipit d'une chanson pour voir si les autres vont te rejoindre. À ton répertoire, les airs du fonds maternel, chansons comtoises (« Tant que la vigne du Jura / Sur son riant coteau croîtra / Jamais Comtois ne se rendra »), chansons de Tino Rossi ou Charles Trenet que tu interprètes au second degré, et *Bambino* dont tu modifies les paroles : « Les joues battues, la mine triste et les yeux blêmes ». La chorale de l'École normale a pour objectif la Neuvième Symphonie que vous irez chanter jusqu'au théâtre de Dole.

152. Juliette te donne des nouvelles de Pontarlier. Elle a eu comme sujet de composition française « Quel est le plus bel âge de la vie ? » Dans la classe, tout le monde ou presque a dit que c'était l'adolescence. Le professeur s'est fendu d'un corrigé : l'adolescent est heureux car il jouit d'une sécurité matérielle ; il est libéré des craintes et des terreurs de l'enfance ; on commence à tenir compte de ses goûts, de ses jugements ; il se sent responsable de son avenir ; il découvre l'autre sexe, éprouve des sentiments

purs… Commentaire de Juliette : « Quelle rigolade ! » Elle s'enthousiasme pour la création d'un ciné-club à Pontarlier.

153. En octobre, première grande sortie, premier retour à Bregilley. Avec Olivier dans sa poussette, tu fais ton tour favori : la porcherie, la chapelle, le moulin, la statue de la Vierge. Ce n'est pas la saison des fleurs, tu te consoles avec des feuilles jaunes, rouges. Tu passes chez Marie-Noëlle qui est restée dans son internat. Tu retrouves de vieux rituels, aller chercher le lait au chalet, acheter des œufs dans les fermes, les déposer à la cave, dans le bac d'eau de chaux… Et il est déjà temps de repartir.

154. Question cafard, Pierrette en connaît aussi un rayon. « Si c'est ça que les grandes personnes appellent le bel âge, elles n'y sont jamais passées. » Même externe, elle souffre du collège de Pontarlier, de la directrice, des pionnes, de la moitié des profs, des autres filles, insoupçonnablement méchantes. Pire, elle a été précédée dans l'établissement par la si brillante Anne Brisart. Il échappe aux professeurs des comparaisons exaspérantes, même si elles ne portent que sur l'écriture. « Tu as de la chance d'avoir des bonnes notes. Mais n'aie pas peur, je ne suis pas jalouse. » Elle parle souvent de cette chance dont tu bénéficierais. Tu lui fais lire tes poèmes, tes pensées, des

extraits de ton journal. Elle réalise que vous partagez les mêmes inquiétudes, la même souffrance. Vous êtes moins dissemblables qu'elle ne le croyait. Mais, comme elle n'écrit pas, elle ne t'offre pas la possibilité d'une correction équivalente. Parler de cafard dans les lettres ne suffit pas.

155. Ta mère t'écrit dans sa classe, sur des feuilles de papier quadrillé, arrachées à un cahier, pendant que les élèves font un devoir. À la boulangerie ou à la maison commune, elle a trop à faire. Tant que les élèves lui en laissent la possibilité, elle t'informe à la diable : la chaleur, la pluie, la neige, les mauvaises routes, l'état d'avancement d'un travail de couture ou de tricot, le manteau qu'elle a remarqué dans un catalogue, du linge qui ne sèche pas, Olivier qui fait une crise d'acétone, les CM1 qui ne savent même pas poser une soustraction, une piqûre de guêpe, les Morteau sont venus manger, une naissance ou une mort au village. Elle te dit ce qu'elle a vu à la télévision la veille. « Marrant », « Pas mal », « Très beau mais triste ». Elle se demande qui pourra bien descendre à Besançon et déposer à l'EN une valise de linge propre. « Ne parle pas des friandises que je t'envoie car Papa dit que tu n'en as pas besoin. »

156. Départ pour les vacances de la Toussaint. Plein de monde à la gare mais, sur le quai d'en face, tu reconnais avec certitude une silhouette.

Tu reconnais aussi le trouble, le battement, l'onde : Raphaël, ton moniteur de l'été, aussi beau en épais manteau que torse nu. Il ne te voit pas, tu ne le vois plus. Le voyage ne suffit pas pour éteindre cette émotion que tu appelles toujours « émotion des romans ». (Tu lis Stendhal, Flaubert, Colette, Dostoïevski, mais aussi les romans à l'eau de rose dont se délectait ta mère dans sa jeunesse. Livres de la collection Stella, de la collection Fama, de la collection La Liseuse, de la collection Libellule... Romans méprisés, souvent à juste titre, quelquefois à tort. Ils n'ont pas pour seule fonction le rêve bovarysant. Il leur arrive de mettre des mots justes sur une expérience, une situation. De *Ton cœur près du mien* de Nicole Pierrefonds (collection Stella, n° 530), tu as prélevé cette citation qui a trouvé place dans ton journal, entre des pensées de Musset et Baudelaire : « On ne peut pas savoir si l'on aime, quand on n'a jamais aimé. »

157. On te rapporte ces propos tenus à ton sujet par ton mari pédagogique : « Elle se paie des seize en dissert, et tu vois comment elle est foutue ! » Comment interpréter ? te demandes-tu dans ton journal. Première hypothèse : elle ferait mieux de ne pas avoir la moyenne et d'être gironde. Deuxième hypothèse : on s'attend à un bas-bleu, une polarde, une mocheté, une

sartresse, et voilà une jolie fille. Ton biographe opte pour la seconde interprétation.

158. Cycliquement, une lettre d'après engueulade, écrite un lundi. C'est un art de vivre, vous vous arrangez, ta mère et toi, pour que les séparations, les départs se passent mal. Elle a peur d'être en retard à la gare de Longemaison, veut une marge, on ne sait jamais, surtout l'hiver. Elle regarde l'heure, s'énerve. Tu prends ton temps, tu découpes un timbre pour ta collection, tu regardes le journal, tu te fais les ongles avant de ranger ta trousse dans cette valise toujours ouverte alors qu'on n'a pas pris le café du départ, que les tasses attendent et que le gâteau est déjà découpé. Les aiguilles tournent, ta mère aussi comme un fauve, tout explose. Vous savez que c'est triste de se quitter fâchées sur un quai de gare, mais rien n'y fait. Le lendemain, ta mère écrit une lettre de désolation, de regrets, d'excuses, qui aboutit à un « sans rancune ma grande ». Au passage, elle te fait remarquer que tu pourrais y mettre du tien, mais elle place la plus grande responsabilité de son côté. C'est son caractère et le temps n'arrange rien qui lime les nerfs, ces maudits nerfs. Il lui faudrait un congé de maladie, mais comment travailler à la boulangerie si l'on ne fait pas classe ? Il lui faudrait une cure ou, carrément, la retraite, mais elle en est encore loin. Dis, quand reviendras-tu ? Dis, au

moins arrange-toi pour ne pas être collée, tu nous manques ma grande, on t'aime bien tu sais… L'orchestre Brisart est un orchestre à nerfs.

159. Je ne peux ni ne veux comprendre la ténébreuse affaire du départ de la grand-mère Ernestine pour une maison de retraite. Sans tambour ni trompette, ta tante Élisabeth est venue la chercher. Ta mère t'a écrit une lettre de stupéfaction : « Tu ne devineras jamais ce qui s'est passé hier… » Certes, il y avait des accrochages entre Ernestine et sa bru, mais rien ne laissait présager ce départ. La grand-mère se plaignait de coucher seule à la boulangerie, mais il fallait bien que tes parents se préservent un peu d'intimité à la maison commune. Ils ont même aménagé une chambre pour Serge à la boulangerie afin de faire une présence. Ernestine disait que le gamin rentrait à des heures indues, qu'elle pourrait toujours crier dans la grande maison déserte s'il lui arrivait quelque chose. Elle devait écrire à sa fille qu'elle était très malheureuse. Non consultés pour le placement dans une maison, tes parents ont refusé de payer leur part. D'autant qu'ils avaient pendant des années logé, nourri et noirci la grand-mère. Ce différend s'ajouta à celui de l'héritage non réglé pour aggraver la relation entre les frères et sœur Brisart. Tu continuais d'écrire à ton oncle

Jean et à ta tante Élisabeth qui te parlait des pièces qu'elle voyait à la Comédie-Française.

160. La grand-mère Ernestine te demande, à toi la grande, l'intelligente, la raisonnable, d'intervenir auprès de tes parents, qu'elle appelle « les boulangers », pour qu'ils paient leur part des frais de son séjour en maison de retraite. Elle parle de titres du Crédit Lyonnais, de signatures, de fonds, de contrat de mariage, en soulignant beaucoup de mots. Elle prie tous les jours pour que le « Divin Maître » t'accorde une bonne santé et la réalisation de tes désirs.

161. Ton journal, 5 janvier 1961 : « Mes rêves les plus chers seraient d'aimer, d'être aimée, d'écrire, d'être un vrai écrivain. Pourquoi ai-je si peur de rater ma vie ? »

7 janvier : « Il ne faut pas trop aimer quelqu'un pour se sentir en sécurité près de lui. » Et puis, beaucoup de pages arrachées.

162. Quand on est enfermée, même les ennuis de santé deviennent une bénédiction s'ils permettent de sortir en ville pour un rendez-vous chez un médecin. Tu vas consulter à cause d'une douleur à la mâchoire. Seule, sans patronage, tu marches, légère, libre, dans la neige d'un Besançon pétillant. Tu t'attardes à la vitrine d'un disquaire : Guy Béart, Ray Conniff, Jacqueline

François, Les Frères Jacques, Juliette Gréco, Fernand Raynaud, Trumpet Boy. Chance, il te faudra ressortir un autre jour pour une radio du maxillaire. Le médecin donne son verdict, tu vas être hospitalisée à Saint-Jacques pour l'opération d'une dent de sagesse entravée.

163. Tu te réveilles la bouche pleine de sang, les lèvres sèches, dans une immense salle commune, comme un hall de gare où l'on aurait entassé des lits et des vieux. Tu as mal, personne ne s'occupe de toi. Et, surprise des surprises, la directrice de l'École normale vient te voir. Cette femme détestée, qui vous prive de sortie pour un rien, te parle gentiment, va te chercher de l'eau, te fait boire, demande à une infirmière que l'on te donne un cachet. (Scène de film : un militaire inhumain, une bête qui ne connaît que le règlement, montre subitement qu'il est capable de sentiment, musique mélo.) Tu te référeras souvent à cette expérience quand tu voudras mettre en garde contre une vision réductrice et définitive des êtres. Grâce à la directrice de l'École normale, les monstres ont leur chance, ont le droit de surprendre.

164. En convalescence à Bregilley, tu reçois plein de lettres de normaliennes. Elles te racontent comment, le jour de l'opération, toute la classe est sortie sur l'esplanade pour regarder

l'éclipse, à travers des morceaux de verre noircis à la fumée de bougies. « Tu nous as manqué. Personne pour écrire un poème sur la beauté d'une éclipse. » (À force d'écrire des vers de circonstance, tu es devenue l'historiographe de la promotion.) L'éclipse, tu l'as contemplée depuis la chambre de l'hôpital, les yeux protégés par une vieille radio du poumon.

165. La tante Élisabeth t'envoie des documents présentant le prix Paul Valéry attribué à un poète étudiant. Paul Valéry lui-même participa à l'organisation de ce prix et présida la première proclamation solennelle en 1943. Le prix est de cent mille francs, soit trois électrophones. Puisque tu l'avais emporté au concours de la plus belle lettre, pourquoi ne pas essayer ? Cette fois pas de voyage à Florence, pas de drame avec le père. Tu demandes à la tante Ida de te dactylographier dix poèmes en trois exemplaires. Pour préserver l'anonymat, les textes doivent être signés d'une devise ou d'un vers. Tu choisis « Quand nous aurons trouvé le meilleur de nous-même » et envoies la grosse enveloppe au secrétariat du prix, rue des Écoles.

166. (Quelques mois plus tard, tu écriras pour t'inquiéter des résultats. Tu ne lis pas *Les Nouvelles littéraires* ni *Le Figaro littéraire* qui sont censés les publier. On te répondra que le prix

Paul Valéry a été attribué à un étudiant belge et que les appréciations du jury sur les œuvres, confidentielles, ne peuvent être transmises. Tu ressentiras comme une amertume, d'autant que la lettre envoyée par le secrétariat général du prix Paul Valéry sera truffée de fautes de frappe, de caractères superposés, de lignes sinueuses… Mais il faut tenter de vivre !)

167. Pendant cette première année d'École normale, tu écris un roman, *La Vague*. « J'ai voulu peindre une adolescente » dis-tu en avant-propos. Roman adolescent en effet par le désir d'absolu, l'interrogation métaphysique, le désir d'amour et la peur de sa réalisation. Mais la maîtrise de la langue est étonnante, la syntaxe nerveuse, élégante. Ton héroïne, Marie-Anne, peut aussi bien dire que ses parents l'aiment et que ses parents ne l'aiment pas. « Ils sont un peu tristes quand je ne suis pas là, un peu joyeux quand je reviens. » Elle attend l'amour, refuse le flirt, veut se garder pour celui qui. Un élève de philo lui a écrit qu'il était intrigué par ses « airs indépendants » et voulait parler avec elle. Elle le remercie de ne pas avoir fait une déclaration d'amour, accepte la rencontre, craint d'être déçue, craint de décevoir. Ils se voient à un concert, pendant l'entracte, parlent de la musique. Des banalités pour éviter le silence. Soudain Serge, il s'appelle Serge, se lance : « Je voulais te dire merci. Tu ne

peux pas savoir comme ta réponse m'a rendu heureux... » Pour la deuxième partie, il l'accompagne au balcon, non sans avoir demandé s'il pouvait. À la fin du *Boléro* de Ravel, échange de sourires. Quand se revoir ? Le jeudi, à la faveur du patronage. Les normaliennes retournent vers leur fort, Marie-Anne sait que quelqu'un la suit des yeux. Le jeudi, elle met sa jupe bleu marine et son pull moucheté. Contrairement à ses habitudes, elle est en avance. Elle passe le portail, traverse le parking, tourne vers la ville, Serge est là. Ils n'ont que quelques minutes, le temps du trajet entre le fort Griffon et l'école de Montrapon. À la sortie du patro, à quatre heures, il est là. À l'aller comme au retour, ils ont parlé des duretés de la discipline imposée par la directrice. Le samedi, il l'accompagne à la gare, porte sa valise. Ils parlent de leur famille, de la famille.

168. La narratrice intègre à son récit des réflexions sur la faiblesse des mots, sur la politique. Elle n'adhérera à aucun parti car la conviction nuit à la recherche de la vérité, expose au fanatisme. Comme exemple elle donne le communisme. (C'est une fille de seize ans qui parle. Elle a beau crier sa révolte et sa haine de l'argent, son père lui a transmis son anticommunisme.)

169. Mais revenons à notre feuilleton. Le dimanche soir, Marie-Anne contemple de son

wagon la Rhodiacéta illuminée, ses reflets dans le Doubs, que c'est beau une usine la nuit. Dans la gare, elle marche vers une autre semaine, Serge est là. Ils évitent la Grand-Rue, prennent l'obscur chemin de ronde, mais ce n'est pas pour s'embrasser. Ils se revoient le jeudi, avant et après le patronage. Ses chères amies disent à Marie-Anne que son philosophe a été vu en ville avec une fille, qu'il a une réputation de don Juan. Torture de la jalousie, de l'incertitude, agressivité, explication, structure de roman à l'eau de rose mais écriture de roman précieux où la syntaxe suit les labyrinthes de la carte du Tendre, les désirs contraires, dire l'amour et le cacher, souhaiter l'aveu et l'empêcher. Les aveux, réciproques, ne se lisent qu'à l'avant-dernière page. « C'est fait. » Amour déclaré, amour mort-né, séparation annoncée. « Les amours de dix-sept ans condamnées par les parents parce que sans issue, les amours de dix-sept ans ne sont pas sans issue, elles sont sans fin. »

170. Le flot emportera Marie-Anne et le beau Serge vers des rivages différents. Le titre du roman fait aussi référence à la Nouvelle Vague, il est contemporain des *Quatre Cents Coups* et d'*À bout de souffle*. L'expression « nouvelle vague » est employée avec horreur par les parents de Marie-Anne qui ont peur de boire la tasse. Tu prends alors la défense de la jeunesse : « Comme

si dans son essence la jeunesse avait changé ! Comme si la seconde moitié du XXe siècle avait tout à coup, sans raison aucune, par le plus grand des hasards, enfanté une race toute neuve de jeunesse déséquilibrée, monstrueuse, incompréhensible ! Une chose est indéniable : la jeunesse a subi quelques modifications, mais cela parce que la société elle-même a été bouleversée avec une rapidité ahurissante. Mais des détails de costume, de langage d'habitudes, de mœurs, n'ont pas modifié le cœur. Pourquoi s'alarmer de notre émancipation ? Elle n'est pas dangereuse ; nous nous adaptons simplement au siècle où nous vivons. »

171. À ton cafard bien réel tu ajoutes, dans tes lettres, une provocation par la noirceur. Une noirceur qui ne doit rien à la morbidité, repose exclusivement sur la solitude existentielle, l'incommunicabilité, l'enfer des mots. Ton cousin Charlie, qui prépare le concours de Centrale, réagit en t'accusant de complaisance dans la négativité. Sa philosophie, qui ne prétend pas en être une, s'appuie sur un hédonisme tranquille : savourons ce que nous pouvons savourer, profitons de la nature, de la montagne, des bonnes choses. Ne nous posons pas de questions auxquelles nous ne pouvons pas répondre, ayons des activités utiles. Il ose, contre la misanthropie sublime de sa cousine, prendre le parti de

l'humanité. Sa provocation à lui adopte les formes de l'anti-intellectualisme, du bon sens plat et souriant, de la modestie paysanne et malicieuse. Il te reproche de trop lire les auteurs contemporains qui donnent de la vie une image lugubre, déprimante. « Certains livres devraient être vendus avec le revolver ou la dose de ciguë. »

172. Il faut dire que tu lui envoies des textes comme : « Les deux armées face à face se mesuraient de l'œil, congestionnées de vérité. Les cadres vérifiaient l'ordre des troupes, les mots piaffaient d'impatience. Un peu de fumée s'éleva sur le front. Une formule avait éclaté à l'aile gauche. Puis le combat s'engagea, farouche, hermétique, insensé. Les escadrons de mots fondirent l'un sur l'autre. Et ce fut le choc de deux néants. » Pour changer de ton, tu demandes à Charlie de mesurer la distance entre deux rayures du petit zèbre, pensionnaire d'un parc proche de son lycée.

173. Tu es tenue au courant de la percée des dents d'Olivier, des montées de température, du raccourcissement des nuits pour ta mère qui fait parfois classe après une nuit blanche, ne trouve aucun moment dans la journée pour s'allonger.

174. La tante Élisabeth te parle de ses sorties théâtrales. Elle a vu François Périer dans *Tartuffe*

à la Comédie des Champs-Élysées. Ce serait bien si tu allais passer une semaine de vacances chez elle, à Montmartre. Elle te conduirait dans les musées, sur les quais... Elle t'invite, Marcel Brisart refuse.

175. À Bregilley, la grande affaire est la construction de la nouvelle boulangerie, à l'emplacement même de l'ancienne que l'on détruit progressivement. Boulangerie sur boulangerie, comme église sur église. Ici et là, on peut marcher sur les restes d'un vieux mur, abattu et raboté au ras du sol. Les lettres de ta mère donnent régulièrement des nouvelles sur l'avancement, le retard des travaux, le choix des carrelages, des peintures, des papiers à tapisser, les repas à faire pour les ouvriers. Au printemps 1961, on coule la dalle. Une surface immense où le village pourrait danser. Ton père fabrique lui-même les parpaings, stocke des mètres cubes de bois pour la charpente et les aménagements intérieurs, ta mère coud rideaux et doubles rideaux pour toutes les nouvelles fenêtres. Cette maison est leur œuvre mais elle les fatigue, les use, les dévore. Marcel Brisart voit grand. Il veut une belle cave pour le vin, les patates et la choucroute. Au rez-de-chaussée, il veut un magasin, un fournil, un appartement de boulanger, un lieu pour la farine et la marchandise, une pièce pour les lapins, une étable pour les moutons, un

garage, un atelier de menuiserie, un grand espace sans vocation particulière pour mettre à l'abri du foin, des outils, des légumes, n'importe quoi, le vrai luxe c'est la place, regardez en ville comment ils vivent avec leurs lits escamotables... À l'étage, il veut des chambres pour ses enfants et petits-enfants, des chambres qu'il louera à des touristes, le ski de fond va se développer, une salle à manger pouvant accueillir des banquets. Il en a dessiné les meubles et les fabriquera plus tard. Mais il ne veut pas de chauffage central. Il répartira dans ce volume poêles et caisses à bois. Rien de plus malsain qu'une chambre chauffée. Un homme doit empêcher sa femme d'avoir froid, et *vice versa*. Ceux qui dorment seuls, ils n'ont qu'à mettre une couverture de plus.

176. Serge fait sa communion le 27 mai 1961. Ta mère écrit à la directrice pour lui demander l'autorisation d'un retour le lundi matin à 8 heures. Sinon il te faudrait quitter la fête de famille le dimanche à 17 heures. En marge de la lettre, la directrice répond « oui, à titre tout à fait exceptionnel ». Adjectif rageusement souligné trois fois. Peu de souvenirs de la communion elle-même, si ce n'est que Serge était coiffé en brosse. Il a fait la quête aux vêpres mais c'était normal.

177. Une lettre maternelle n'est pas comme les autres. D'abord par le format : des pages

arrachées du carnet qui sert à noter ce que prennent les clients pendant la tournée. La lettre est datée alors que d'habitude ne sont mentionnés que le jour de la semaine et l'heure. 30 mai 1961. La boulangère est en pleine nature, au milieu d'une route bordée de prés et de sapins. Il fait beau, même chaud. Assise dans la Juva, elle écrit en s'appuyant au volant. Elle attend depuis un quart d'heure. Personne chez Baglin. Dans ces cas-là on attend. Elle s'endormirait bien… « Au fait, as-tu reçu *Athalie* que tu avais oublié aux toilettes ? Hier il y avait à la télé un documentaire sur le Mexique et une chanteuse israélienne, Rica ou Rita je ne sais plus comment, mais elle a une belle voix. Qu'est-ce qu'ils font chez Baglin ? Je vais rentrer à point d'heure et dire à ton père que j'ai rencontré un beau monsieur. Je ne sais pas quand je pourrai t'envoyer ta jupe. Et voilà que j'ai une envie pressante. Je crois que je vais être obligée d'aller visiter un sapin. Hélas, une charrette arrive, c'est Marc Léchine, je veux dire que c'est Marc Léchine qui conduit… » Tu remercies les Baglin. Grâce à leur retard, tu reçois une lettre plus longue, qui prend son temps, plus raconteuse.

178. En fin de première année d'École normale, on ne passe pas d'examen. Alors que tout le monde s'apprête à partir en grandes vacances, la directrice demande trois volontaires pour res-

ter une semaine de plus : faire du ménage, des rangements, aider à l'accueil des candidates qui passent l'oral du concours d'entrée (vous les appelez vos « filles »). Tu fais partie des trois volontaires. Te souviens-tu de la visite de la directrice à l'hôpital ? Autre manifestation de ton sens du devoir ? Es-tu moins pressée de retrouver Bregilley ?

179. En plein été tu reçois une lettre d'une copine de promotion, Geneviève Mons. Elle a fait une hémorragie vaginale due à un excès de folliculine et à des polypes. « Tu piges ? Moi je commence à peine. » On lui a fait un curetage. « Peut-être ne sais-tu pas ce que c'est, moi non plus. » Avec tout ça, elle a manqué une noce et échappé aux moissons, failli ne pas voir passer le maillot jaune d'Anquetil... Ce corps que vous connaissez si mal, tu décides de le faire respirer. Tu te mets en short, ainsi que Pierrette. Les premières, vous affrontez les réflexions et regards appuyés ou tordus. Les sœurs Brisart mériteraient un monument à Bregilley, un monument aux vivantes à côté du monument aux morts.

180. Jusqu'où iront les sœurs Brisart ? Non seulement elles montrent leurs cuisses, mais elles demandent à la municipalité un local pour les jeunes. C'est agréable, aux beaux jours, de se rencontrer sur les marches de la croix, quand l'air

sent le foin, mais quand il pleut, quand il neige, quand il gèle ? On pourrait jouer au ping-pong, jouer aux cartes, fêter les anniversaires, les succès aux examens, ou simplement, causer. Le maire s'interroge : « Il ne faudrait pas que ça tourne au boui-boui. » Vous n'avez pas eu satisfaction, mais vous avez appris un mot.

181. En deuxième année d'École normale, retour aux choses sérieuses, aux examens, avec la première partie du bac. Sinon, même directrice, même discipline, même esplanade, même mari pédagogique, même patronage, mêmes billets de sortie. Après une lettre de rentrée entièrement consacrée au lycée de Pontarlier, ses élèves et ses profs, Juliette ajoute ce post-scriptum dont je ne peux me défaire depuis que je le connais : « Le pire est que je me sens très heureuse, alors que je n'ai aucune raison de l'être. »

182. Une fille de la classe, qui n'est pas de tes relations les plus proches, s'ouvre les veines. Personne ne comprend. Elle reprendra sa place après que la directrice vous a demandé d'être naturelles, comme si rien ne s'était passé.

183. Ta cousine Olivia t'écrit d'Allemagne. Elle a fêté le nouvel an 62 en dansant avec des fils de militaires, des anciens élèves de son père. Elle raffole de Johnny Hallyday, des Chaussettes noires,

des Chats sauvages, de Richard Anthony. Elle te semble un peu midinette mais tu l'aimes bien. Vos états d'âme, vos insatisfactions, vos attentes sont les mêmes.

184. Une normalienne de quatrième année est morte écrasée contre un mur par un bus ivre qui est monté sur le trottoir, dans une rue de Besançon.

185. Pierrette a rencontré un garçon qui est vraiment amoureux de toi, un garçon de Saint-Gorgon qui a dansé avec toi et ne s'en est jamais remis. Elle te fait son portrait : roux, frisé, taille moyenne, beau sourire, belles dents, taches de rousseur, très gentil, un cheveu sur la langue, tu vois. Amour nul et non avenu, dirait Brassens.

186. À dix-sept ans, tu mets le feu aux boîtes aux lettres. Tu ne sais plus comment l'histoire a commencé mais tu as accepté le principe d'un échange de correspondance avec un soldat en Algérie, comme au bon vieux temps des marraines de guerre. Le soldat écrit le premier, il a une adresse faite de sigles et de chiffres, il s'appelle Maxime, il est guadeloupéen, il a vingt et un ans. Très appliqué, il écrit sur du papier à rayures et orne de guillemets « Chère mademoiselle Anne ». Il est heureux d'écrire à une « fille de la France ». Dans sa deuxième lettre, il passe à « Chère Anne »

et se fait lyrique : « La lumière grisée des étoiles palpite sur tout le ciel mais le miroir de ta charmante lettre me tend une image chère. » Il s'émerveille de tes dix-sept ans, de tes yeux bleus, de ton mètre soixante-trois : « C'est tout ce qui convient pour en faire mon affaire. » Il a quatorze centimètres de plus, des cheveux noirs et frisés. Dans ton autoportrait de présentation, tu lui as dit, signe des Gémeaux oblige, que tu étais deux. Il a compris qu'une autre Anne voulait correspondre avec un soldat, promet d'en chercher un. Plus que sept mois à tirer. Il propose de te rendre visite une fois libéré. « Tu es pour moi le bonheur perdu qui a été retrouvé avec tant de prières et de lumières. » Il te demande une photo. Lui, pour l'instant, n'en a pas de présentables. Il promet d'utiliser ses loisirs à t'écrire. Sans guillemets, il ajoute « Aujourd'hui plus qu'hier et bien moins que demain ». Aux amitiés il mêle des grosses bises. Cette lettre te fait peur, il te faut jeter de l'eau sur le feu. Maxime est attristé, il ne comprend pas ce qui a pu te contrarier, ses paroles ont dû dépasser sa pensée « par m'égard », il présente ses excuses, souhaite que la correspondance se poursuive. Il fait très chaud en Algérie, les opérations succèdent aux opérations, le capitaine a été blessé par une rafale de FM. Peut-être une ironie culpabilisatrice dans le « Amuse-toi bien » final. Pendant que les filles de la France écoutent des disques des Chaussettes noires et des Chats sauvages, des soldats risquent leur vie pour la patrie. Tu écris encore, il répond en tenant sa promesse : plus de dérapage. Les « rebelles » ont fait un sabotage « énorme », coupé vingt kilomètres de lignes téléphoniques. Il renouvelle sa demande d'une photo. Dans une autre lettre, il en dit plus sur les opérations : elles se font « plus ou moins par des renseignements donnés par des prisonniers et par des rebelles qui se rendent à l'armée française. Elles consistent à trouver les endroits où ils se cachent et à détruire leurs caches dont se trouvent de quoi à manger, des tissus, des vêtements, l'hôpital et surtout des armes. Plus souvent que rarement nous avons des attaques et je ne cache pas de te dire que ça barde sec. » Un sergent guadeloupéen a été tué… Tu ne sais plus qui a mis fin à la correspondance, qui s'est fatigué le premier, alternative préférable à l'hypothèse du pire. Cette correspondance eut au moins le mérite de faire exister une guerre dont on ne parlait pas dans votre couvent du fort Griffon.

On ne peut pas dire que tu aies brillé par la précocité de ta conscience politique. Tu affiches un anarchisme aristocratique qui tourne en dérision les partis politiques, le suffrage universel, la démocratie. En première ou en terminale, tu t'amuses à créer un mouvement, le PFAU (Pratique, facile, avantageux, utile) qui a pour programme le rétablissement des droits féodaux – à l'exception du droit de cuissage –, le débarquement en Angleterre, l'exigence du remboursement des emprunts russes, l'encouragement de la culture du topinambour. Sous le canular se cachent à peine des idées inquiétantes : « Soyons incohérents pour faciliter toutes les adhésions, de quelque côté qu'elles viennent. Soyons incohérents pour que chacun se retrouve dans notre parti : c'est le sommet de la démocratie ! » Parmi tes condisciples qui signent la pétition de soutien au PFAU, l'un ou l'une se montre lucide : « Brisart est traumatisée, frappée d'épouvante par le phénomène politique qu'elle ressent hors d'elle. » Je salue et admire le chemin parcouru depuis.

187. Dix-sept ans, c'est l'âge de la Sauvageonne dans le roman d'André Theuriet. Tu aimes ce mot, plus que le personnage, et te l'attribues volontiers. (Quand un ministre dira avec mépris « sauvageon », il ratera avec toi son effet.) Par ailleurs, tu admires Antigone. Tu peux donc te définir comme une sauvageonne Antigone.

188. Coup de mort à l'angélus pour Virgile Chevrier, tombé la veille d'un arbre qu'il élaguait, n'oublie pas l'anniversaire de Charlie, excuse-moi si je n'écris pas plus souvent mais je n'ai pas le temps, paperasses de classe, conserves de haricots, sarclage de jardin, tournée et tricot pour Olivier,

mais ne crois pas que nous t'oublions ma grande, le moral n'est pas brillant, je hurle en classe, je t'envoie ton billet de sortie pour samedi, les ramoneurs sont venus et ont fait un joli chantier, linge à pendre puis à repasser, je suis à plat, crise de foie, énervement fou, les Morteau viennent manger demain, Jacqueline Guichard se maquille les paupières, je n'aimerais pas te voir peinturlurée comme ça, la télé est en panne on va se coucher plus tôt... Une seule fois, ta mère parle de l'Algérie dans une lettre, pour annoncer le cessez-le-feu.

189. Le surmenage accumulé pendant des années altère la santé de la boulangère-institutrice. Préparer et faire la classe, s'occuper d'Olivier, faire la cuisine, la vaisselle, la lessive, le repassage, le reprisage, le courrier, les comptes, la tournée, aider au four, semer et sarcler au jardin, faires des conserves... Elle n'en peut plus, souffre des jambes, a souvent des crises de foie et les nerfs à vif, crie plus qu'il ne faudrait avec les élèves, pleure. Le médecin lui prescrit une cure à Luxeuil, trois semaines, en fin d'année scolaire, en juin. Elle sera remplacée et l'essentiel de l'année scolaire sera fait, elle pourra concilier souci de sa santé et conscience professionnelle, on trouvera bien quelqu'un au village pour préparer les repas, Cécile... Mais Marcel Brisart ne l'entend pas ainsi. Ce n'est

pas sérieux, une cure. On peut aussi bien se reposer à Bregilley ! Gisèle part en sachant que son mari lui en veut. Les adieux sur le quai de la gare n'ont pas été chaleureux. De plus, la veille de son départ, elle a reçu la visite de l'inspecteur et vu dans cette démarche une intention maligne. Elle a craqué et pleuré devant les élèves... Dans sa première lettre de Luxeuil, elle revient sur la froide séparation : « Si je ne parlais pas, si je ne donnais pas le bras à papa en attendant le train, c'est que j'avais peur de ne pas pouvoir retenir mes larmes. » (Tu ne crois pas à cette explication.) Elle décrit par le menu sa chambre, demande qui la remplace à l'école, espère envoyer vite la veste qu'elle te tricote.

190. Elle voudrait que tu comprennes ton père, que tu ne le juges pas. « Il est d'abord très fatigué. Et puis il n'a pas été très heureux... » Mais tout ira mieux quand elle sera reposée. Elle est allée au cinéma voir *L'Année dernière à Marienbad*. Comme tout le monde partait, elle a aussi quitté la salle avant la fin, mais en se reprochant son esprit moutonnier... Il suffit que Marcel Brisart ajoute sa signature à une lettre écrite par l'une de ses filles et le moral, à Luxeuil, remonte de plusieurs degrés.

191. « Ma chérie, je te demande de comprendre ton papa. Il n'a pas été le plus gâté de la famille, et

ces choses-là laissent des traces longtemps. Les ennuis s'éternisent pour la liquidation de la succession, on a le caractère qui s'aigrit, je t'assure. Il y a certainement un peu de ma faute, je le sais, ne répondant pas toujours à son affection comme il le voudrait. Mais tu verras, tout ira mieux. Me sentant mieux moi-même, l'atmosphère s'améliorera aussi chez nous. Pardonne-lui ses sautes d'humeur comme je les excuse moi-même. Pardonne-moi aussi pour mon sale caractère. Surtout, ne pense pas à tout cela ces jours-ci. Passe tes examens et pense simplement que l'année scolaire se termine, que nous allons passer en famille deux mois très heureux, tu verras. Je ferai tout pour que mes mulets (et tu es de ceux-là) ne se forgent pas des idées idiotes qui leur gâchent l'existence. J'écris très mal mais n'oublie pas que je suis couchée. Il faut tout de même que je me décide à bouger si je veux être habillée pour dîner. »

192. Aux post-soixante-huitards, je préfère les pré, comme Juliette la rebelle qui écrit en 1962 : « Ce bac détruit tout. On s'en sert pour nous faire peur. Tout le monde le considère comme la fin ou le début d'une vie, et le plus amusant est que personne ne sait ce qu'il va faire après ce maudit examen. Chacun s'efforce d'en faire une question d'orgueil, une victoire sur les camarades, j'en ai la nausée. »

193. Ta mère est surprise que tu aies choisi La Fontaine. Elle aurait juré que tu avais « pris » Saint-Exupéry ou Verlaine. Ce maudit examen, le premier bac, tu l'as avec mention bien. Tes aptitudes dans les matières littéraires facilitent le travail du conseil de classe : il ne fait aucun doute que tu dois aller en classe de philo.

194. Tu en es informée par une horrible circulaire tirée, comme les sujets de devoirs, sur un duplicateur à alcool produisant des lettres violettes, baveuses à la limite du lisible. Inouï, avant la signature de la directrice, les lettres violettes disent « bien amicalement ».

195. Pour fêter le premier bac, réunion des amis de Bregilley à la boulangerie, avec électrophone-valise à quatre vitesses et disques mis en commun. Ah ! elle est jolie la jeunesse ! vous faites une boum sans alcool et sans flirt.

196. En août 1962, il te revient que le jury du prix de la plus belle lettre était présidé par André Maurois. Tu écris à la rédaction de *Pour vous madame*, 91 Champs-Élysées, pour demander l'adresse du grand homme. On te la communique aimablement : 86 boulevard Maurice-Barrès à Neuilly. Tu fais appel à la disponibilité de l'académicien. « À dix-sept ans, je m'amuse encore à

faire des poèmes. C'est une maladie propre à l'adolescence dit-on, et qui passe avec l'âge. Mais je crois que pour moi c'est beaucoup plus important. Je me demande parfois si mes poèmes ont de la valeur pour quelqu'un d'autre que moi. » Tu lui envoies trois poèmes, dont « Une aussi longue attente », sept quatrains sur la solitude, l'incommunicabilité. Le grand homme répondra avec courtoisie, te reconnaîtra des qualités de maîtrise, t'encouragera à poursuivre pour trouver ta vraie voix. Espérais-tu autre chose ? L'enthousiasme de qui découvre un génie, la demande d'autres poèmes pour les confier à un éditeur, une invitation à Paris ? Mais il faut tenter de vivre ! C'est déjà beau que l'auteur de *Climats* ait répondu à la fille du boulanger de Bregilley.

197. Pendant qu'Anne la fourmi vend du pain, Juliette la cigale danse le twist dans des fermes, dans de grandes pièces où les fils électriques sont élimés comme les nerfs de la maison Brisart, où des rallonges incertaines aggravent le risque de coup de jus, de court-jus, d'incendie peut-être.

198. Tu inquiètes une amie normalienne, Françoise Cassin, qui était venue te voir au moment de la fête. Elle voudrait te donner de bons conseils, faute de te donner un exemple tonique. « J'ai été triste en constatant que tous les problèmes de la société humaine et du monde te

tourmentaient toujours, et je crois bien de plus en plus. On sent dans ta lettre que tu es dégoûtée de tout, déprimée. Je crois, je suis sûre même, qu'il faut que tu essaies de sortir un peu de toi-même, de t'amuser le plus possible, afin de ne pas toujours te poser des problèmes sans réponse. J'essaie de te redonner un peu de courage mais malheureusement je n'ai pas le style aussi aisé que toi, et de plus j'ai du mal moi aussi à reprendre le dessus. Si j'ai crâné à la fête de Bregilley, c'était pour cacher mon état réel. Mais ici j'ai du mal à rester la petite fille gaie, vive, sans souci, pleine de vie. Tous les copains sont partis en vacances ou au service militaire, ma seule amie est en Espagne. Je suis seule, ce qui n'est pas fait pour chasser les idées noires. »

199. À certains moments, l'expression de ton cafard met ta mère hors d'elle. Mais tu es allée jusqu'à lui dire que tu avais raté ta vie. « Voyons, ma grande, réfléchis ! A-t-on raté sa vie à dix-sept ans ? Après avoir réussi tes études comme tu les as réussies jusqu'à maintenant ! Qu'aurais-tu voulu avoir déjà fait en si peu de temps ? Alors, ma grande, ne philosophe pas trop, surtout si jeune. Accepte ton sort, qui n'est pas si malheureux, et pense que tu peux le faire encore meilleur. »

200. Tandis que tu entres en classe de philo, Pierrette entre en seconde au lycée Pasteur. Son

internat est à la Citadelle. Vous voilà toutes deux prisonnières dans la même ville. Vous vous verrez le mercredi, aux soirées des Jeunesses musicales de France, ou le dimanche chez les bons correspondants Michelet. Vous vous écrirez d'un internat bisontin à un autre pour parler de la vie quotidienne, faire des confidences, organiser vos retours à Bregilley, pouvoir prendre le même train. Vous vous aimez, vous vous disputez, vous avez la relation de Mme de Sévigné et de sa fille : « J'ai toujours envie de te voir mais souvent tu me déçois », « c'est fou comme je t'aime, de loin », « je t'aime, sale habitude ».

201. La classe de philo t'offre un réjouissant élargissement. Pour la première fois dans ta scolarité, la classe est mixte. Elle réunit des normaliennes et normaliens venus de toute la région, du Doubs, du Jura, de la Haute-Saône. Tu vas te trouver avec les meilleurs littéraires des écoles normales de Besançon, Lons-le-Saunier et Vesoul. Vous allez faire de la philo, mot impressionnant, séduisant, qui promet d'entrer dans les arcanes de la vie et des concepts. Vous allez devenir plus intelligents. Tu trouves sympathique une fille de Vesoul, Madeleine. Vive, gaie, spirituelle, elle lit beaucoup de romans, fume des Craven, aime le jazz. Ses allures distinguées, sa démarche : tu l'appelles Mado de Vesoul. Une touche d'exotisme est apportée par une

pied-noir (tu penses à une tribu d'Indiens). Elle parle avec mélancolie de Bône, sa ville blanche et bleue, souffre du gris, du sombre, du noir de Besançon. Là-bas, l'EN était moins austère, moins stricte, plus chahuteuse. Une autre philosophe sort du lot, Véro, une vamp qui a vécu, regarde les filles et les garçons de la classe comme des oies blanches et des freluquets. Un jour elle tient des ciseaux comme un poignard au-dessus de ta main, dit « chiche ». Tu dis « chiche », elle frappe. Tu ne croyais pas qu'elle le ferait, elle ne croyait pas que tu le dirais. Il en a résulté entre vous une forme d'estime. Elle serait devenue danseuse dans un grand cabaret parisien.

202. Mado de Vesoul lit passionnément Marcel Proust. Elle admire l'écrivain mais ne se limite pas à la dégustation littéraire. Comme avec un chanteur ou un sportif, elle succombe au culte de la personnalité. Elle est émue par les portraits qu'elle a vus dans le Lagarde et Michard, par la photo de la chambre d'Illiers, attendrissante de désuétude, une chambre à brûler du papier d'Arménie. Elle aimerait rencontrer Marcel Proust dans un parc de Besançon.

203. Pour les jeunes filles et jeunes gens de ce temps-là, les mariages constituaient des étapes de formation. Ils permettaient des rencontres, autorisaient des plaisanteries, des transgressions,

familiarisaient avec ces « réalités de la vie » que le reste du temps maintenait à distance. Ils fournissaient des modèles, donnaient des idées… Le samedi des Rameaux, tu es invitée comme demoiselle d'honneur au mariage d'un cousin éloigné. Ton cavalier, le frère de la mariée, est en classe préparatoire scientifique au lycée Victor-Hugo de Besançon. On a trouvé de bon goût cette association entre un taupin et une philosophe. Consommé aux perles, assiette niçoise, asperges sauce mousseline, truites meunière, bouchées à la reine, gigot d'agneau, haricots maître d'hôtel, jambon de montagne, quelques feuilles, fromage, pièce montée, corbeilles garnies, gâteaux Sainte-Ève, vins fins, café, liqueurs, champagne, ton cavalier est charmant mais tu le trouves trop petit. Une semaine après le mariage, il t'écrit : « Mystérieux destin qui en me ravissant ma sœur m'a fait connaître une vraie jeune fille et me donne déjà son amitié… Comme cette noce a passé vite, malgré la nuit blanche de la jeunesse. Et pourtant elle m'a permis d'apprécier ta gentillesse, Anne, ta douceur. Et puis peu de gens peuvent se vanter comme moi d'avoir été aussi bien "assisté" (j'allais dire dans mon malheur). Je t'en remercie de tout cœur. » Seul dans sa chambre, il écoute du Bach. L'après-midi, il a joué au ping-pong. Si tu pratiques ce sport, il te réserve un set. Quinze jours plus tard, après ta réponse qui l'a enchanté, il t'écrit plus longuement, parle d'un devoir surveillé de chimie. Mais, quel hasard, on lui propose d'être moniteur de colonie de vacances à Bregilley ! Alors qu'il envisageait une colo Rhône-Poulenc à La Baule ! Il te demande ce que tu en penses, se plaint encore de la perte de sa sœur. « Tu sais, Anne, ce n'est pas drôle d'être fils unique. L'âme sœur sera la bienvenue. » Le rôle de sœur, tu connais déjà. Tu as dû lui conseiller La Baule, plus dépaysante pour un Bisontin. Amicalement, avec gentillesse et douceur, tu l'as renvoyé à ses équations. Au début de 1965, il te présentera encore ses vœux et te souhaitera « quelques moments de lucidité ».

204. La même année, en octobre, encore un mariage, celui de ta cousine Olivia qui a trouvé l'homme de sa vie, un militaire. Encore des bouchées à la reine et du gigot, mais des pommes dauphine à la place des haricots. Et, pour cavalier, un homme en uniforme à la place d'un matheux. Il est très gentil, mais déboucher le champagne au sabre ne t'impressionne nullement. Cette fois, pas de nuit blanche. Tu loges dans la même chambre que ta tante Élisabeth, couches dans le même lit. Vous contemplez un tableau, un homme nu dans une vigne. Ridicule. Vous riez comme deux petites folles, accumulez les plaisanteries sur l'appendice du pauvre homme, sans feuille de

vigne au milieu des sarments. (À dix-huit ans, tu n'as pas encore vu d'homme nu.)

205. Parmi les philosophes venus du Jura, Jacques, un garçon de Dole, sympathique, bon vivant, qui apprécie une bonne bière en fumant un petit cigare. Il aime les fêtes, la natation, la mécanique. Au bal de l'École normale, grande manifestation pédagogique et matrimoniale, il t'invite à danser.

« Quand il la reconduisit à une chaise un peu à l'écart, elle éprouvait un léger vertige, mais elle n'eût su dire depuis combien de temps elle avait dansé, ce qu'elle avait fait, où il l'avait conduite, ni même quels mots il lui avait dits. » (Jean Bourgueil, *La Robe de lin*, collection Libellule.)

« Aussi pourquoi a-t-il été gentil avec moi ? Je ne le cherchais pas et il a voulu que je danse toute la soirée avec lui. » (José Bozzi, *Lendemains de bal*, collection Stella.)

La classe de philo a un couple de plus. Nul besoin d'avoir été au bal pour le savoir.

« Il ne pouvait mettre la moindre discrétion dans son regard, c'était plus fort que lui, ses yeux revenaient toujours vers elle. » (Dory, *La Princesse Irène*, collection Fama.)

Il t'écrit tous les soirs, te remet le matin une lettre dans un livre, dans un classeur. À cette époque, à cet âge, on noircit huit pages pour dire « je t'm ». Quand on parle de l'amour, de l'autre, on met des majuscules. Si l'on est en vacances, on décrit sa chambre, ce qu'on voit de sa fenêtre. On écrit en écoutant les Machucambos, les Shadows ou Bach. Bien sûr, tu n'as pas ressenti en voyant Jacques le choc, le battement, l'onde raphaélites, mais il a le mérite de t'aimer. Sur le quai d'en face, il te verrait.

206. « Chantereine, ma bien-aimée Chantereine, il y a une heure que je vous ai quittée… et pourtant, j'éprouve le besoin de vous écrire, de vous redire encore une fois mon amour. Ce sera moins m'éloigner de vous, ce sera diminuer le temps qui doit s'écouler avant de vous revoir, demain. Car je vous aime tant, Chantereine. Vous ai-je assez dit que je vous aimais ? Ai-je trouvé les mots qu'il fallait dire pour vous persuader que vous avez pris mon cœur tout entier, et que si je venais à vous perdre, pour une cause quelconque, je serais comme un corps sans âme ? » (Geneviève Lecomte, *Mon lieutenant*, collection Stella.)

« Il se sentait soudain si heureux de vivre, de vivre dans la joie de rattraper toutes ces années, perdues dans l'égoïsme, ces années qui lui paraissaient si vides, sans le grand, le merveilleux amour qui faisait, en cet instant, battre si doucement son cœur ! » (Antoine Francis, *Le Serment de Nicole*, collection Fama.)

« Vous ignorez sûrement à quel point votre

beauté est attachante, combien surtout vos qualités de douceur, d'intelligence, enfin tout ce qui fait votre charme particulier a de puissance sur ceux qui vous approchent. » (Hélène Lettry, *Aimer... être aimée*, collection La Liseuse.)

207. On ne disait pas « elle a rencontré quelqu'un » mais « elle sort avec... », stupide expression qui occulte l'autre versant du problème : sortir pour entrer où ? Hélas, au café, au cinéma, au théâtre. Malheureux amoureux sans chambres, condamnés aux lieux publics, à la rue, aux parcs, à la nature, au dehors.

208. Grave erreur, tu invites Jacques à Bregilley. En 1963, un garçon n'est pas innocemment accueilli par les parents d'une jeune fille. Un processus officiel commence, un premier pas est franchi vers les fiançailles. Tu n'y penses pas, il te semble naturel et anodin de présenter Jacques, sans mesurer l'importance de l'hypothèque. Première à porter un short à Bregilley, tu es aussi en avance par ta conception du chevalier servant, mais tu sous-estimes la sensibilité et l'idéologie des autres, de tes parents, de Jacques lui-même qui ne tardera pas à s'attribuer le statut de « fiancé ». L'hôte de la famille Brisart s'émerveille de tout, de la simplicité de tes parents, de l'odeur de la boulangerie, de la qualité du pain, du charme de ta sœur, de l'espiè-

glerie d'Olivier, des connaissances de Serge en mécanique et en football, du point de vue que l'on a depuis la Roche du Vieux. Il repart enchanté. Pour satisfaire à l'esprit de géométrie, tu te rends à Dole où Mme veuve Feuvrier te reçoit avec beaucoup d'égards et d'émotion. Tu es touchée par cette femme de travail et de dévouement. Elle te trouve – Jacques te le dira – gentille, mignonne, adorable. Il s'attendrit de voir ensemble – il te le dira – les deux femmes qui lui ont donné la vie. La sœur de Jacques met beaucoup de cœur dans la tarte aux pommes. Une toile commence à se tisser, tu ne le sais pas.

209. Dans les mêmes conditions de santé et de soutien conjugal que l'année précédente, ta mère est retournée en cure à Luxeuil. Tu lui demandes ce qu'elle pense de Jacques : « Que veux-tu que je te dise de lui ? Je ne le connais pas. Ce n'est pas un bavardage avec lui à Bregilley qui me permet de connaître le cœur d'un homme. La première impression est bonne, nous verrons à l'usage. » Tu lui demandes si tu aimes Jacques : « Tu dois mieux le savoir que moi. » À la même question, réponse de Mado de Vesoul : « Je me demande s'il n'est pas préférable de ne rien se demander. » Réponse de Juliette : « Le sentiment que tu sembles éprouver pour lui se nommerait "affection tendre". De toute façon tu serais mieux qualifiée que moi pour baptiser ton sentiment si tant

est qu'il nécessite une appellation claire. Mais je pense qu'il ne te reste qu'une chose à faire, attendre. » Tout le monde te renvoie dans tes cordes. Tu demandes aussi à ta mère quand elle a embrassé les garçons : « Oui, naturellement, j'avais embrassé des garçons avant Papa, et même avant dix-huit ans pour ne rien te cacher. Mais Papa est le seul à qui j'ai permis plus, et le soir du mariage. Je n'aurais jamais osé épouser un homme qui aurait vu qu'il n'était pas le premier. » Tu as été bien éduquée.

210. L'hérédité marche bien chez les Brisart mâles. Après son certificat d'études, Serge devient apprenti chez un boulanger de Morteau. Et il fait du vélo. Ta mère voudrait qu'il trouve là-bas une autre famille. Mais elle n'a pas besoin d'avoir lu *La Maison des autres* de Bernard Clavel pour connaître la condition de l'apprenti boulanger. Voilà un gamin lâché dans la nature, mange-t-il bien ? Dort-il assez ? Que fait-il de son temps libre ? S'entend-il avec son patron ? Quand reviendra-t-il à Bregilley ? Elle ne peut aller tous les jours à l'hôtel Bulle ou à la poste pour téléphoner à la boulangerie de Morteau où, de toutes les façons, on a autre chose à faire que rassurer la mère du mitron. La voilà partie pour des années d'une autre inquiétude. Une fille en internat, on peut craindre son cafard mais ça passera et on la sait enfermée, c'est rassurant.

211. Ta mère t'écrit pour ton anniversaire. « Dix-huit ans, le bel âge ! » L'approche du bac l'inquiète puisque tu es « amoureuse ». « Je me souviens des années de jeunesse en classe où un béguin plus sérieux qu'un autre m'avait presque fait devenir mauvaise élève. » Elle te fait confiance, mais elle a peur, et ne sait de quoi. Elle espère que Jacques est « sérieux » et « sincère ». Même ses comptes rendus de lecture lui donnent l'occasion d'une mise en garde : « J'ai commencé à lire *Caroline chérie*. L'histoire débute au moment où elle a seize ans et tombe amoureuse d'un de vingt ans. Malgré les conseils éclairés d'une amie, elle risque fort – il me semble – de se laisser aller à des choses ou actes catastrophiques. Attention ! »

212. Tes confidences l'encouragent à t'en faire elle aussi. Elle a reçu de ton père une lettre sans affection, disant seulement qu'Olivier était malade, comme pour lui reprocher d'avoir quitté la maison, abandonné les siens. « Papa croit parfois que je ne l'aime plus comme autrefois, alors que je suis si malheureuse loin de lui. Il est vrai que j'ai l'air parfois de ne plus me plaire en sa présence, le soir surtout, quand tout mon corps se crispe de fatigue, mais il ne le comprend pas... J'ai peur que tu sois comme moi et que tu souffres, non que je sois malheu-

reuse, ne crois surtout pas cela. J'ai été et je suis encore très heureuse. Mais, étant jeune, je devais être comme toi. Pourtant, Dieu sait si notre éducation fut différente ! C'est pour cela que je ne sais pas, que je n'ose pas aborder avec vous des problèmes un peu spéciaux et dont je voudrais pourtant parler. Mais ma timidité (car je suis très timide en tout, même à quarante-deux ans !) et la vie si rapide, le manque de temps, la vie ensemble si brève, nos soucis différents, tout cela nous fait vivre en étrangères, presque. Ta lettre me fait de la peine et j'ai peur pour toi. Non pas d'accidents qui pourraient t'arriver car j'ai confiance en toi, bien que tu me dises que tu ne sortirais qu'avec quelqu'un que tu aimerais. Ce serait là le danger, ma chérie. Tu es grande et tu comprends. Justement, parce que tu aimerais ou croirais aimer vraiment (c'est tellement semblable), ton corps risquerait d'être plus fort que ta raison, ton cœur plus fort que ton esprit et tu basculerais. On n'est plus maître de soi, ma grande, dans ces moments-là, et le désir fait accomplir des actes si graves, si graves (même s'il n'y a pas de conséquences tangibles) qu'on en garde un souvenir amer toute sa vie. Tu vas croire que j'ai dans ma jeunesse fait cela pour en parler ainsi. Non, ma grande, garde ta confiance en moi. Mais comme toi j'ai aimé, ou cru aimer, plusieurs fois même et, malgré la surveillance étroite de la tante Ida, je suis sortie avec des jeunes qui paraissaient m'aimer vraiment, dont je croyais à l'amour et qui cherchaient à satisfaire leur désir (qu'ils prenaient peut-être pour de l'amour eux aussi). À la dernière minute, un sursaut de ma raison m'a sauvée. Pourquoi ? Je l'ignore. Est-ce l'éducation reçue (et pourtant on ne m'avait mise en garde contre rien ni parlé de rien). Est-ce un atavisme ? Est-ce la peur de ma sœur ? Je ne sais, et ne le saurai jamais. Passons aux choses plus sérieuses : la femme de chambre vient pour faire le ménage. » On peut sourire de tel embarras, telle litote, telle périphrase, telle contradiction, mais ton biographe doit avouer qu'il est ému.

213. Le bel âge ! Le jour de ses dix-huit ans, une copine du cours complémentaire t'écrit : « Je n'ai jamais été aussi vieille qu'aujourd'hui. Quand on était gamines, on se disait “Quand on aura dix-huit ans on pourra faire ci, on pourra faire ça”, enfin je ne sais pas trop quoi. On a bien grandi depuis et je m'aperçois qu'on en est toujours au même point. »

214. Une autre lecture de ta mère, un roman de Cronin, *Le Chapelier et son château*, lui donne une nouvelle occasion de dire ses peurs. « La sévérité plus que moyenâgeuse du père fait que la fille, dix-sept ans, se donne à un jeune homme sans même savoir ce qu'elle fait, sans

s'en rendre compte. Cronin ajoute : "Ni sa raison, si elle l'avait voulu, ni la connaissance, si elle l'avait eue, ne seraient intervenues... elle avait été tellement emportée hors d'elle-même qu'elle n'avait rien su de ce qui se passait en réalité. Son émoi lui avait ôté tout pouvoir de réflexion." Et c'est tellement vrai que même avec des filles raisonnables comme vous, une maman a toujours peur. Un baiser et même une simple poignée de main déclenche parfois une onde électrique qui annihile tout jugement, toute raison. » Il faut reconnaître que ta mère ne te met pas en garde contre les méchants hommes, les séducteurs, les prédateurs, mais contre toi-même, contre la force des sens et la faiblesse de la raison. Mais elle est inquiétante cette mère pascalienne qui fait de la femme un si frêle fétu. On est tenté de lui dire, comme Dorine à Tartuffe : « Vous êtes donc bien tendre à la tentation, / Et la chair sur vos sens fait grande impression. »

Quand elle raconte qu'elle a été convoquée par un médecin de Luxeuil, elle précise entre parenthèses « en tout bien tout honneur ». C'était pour scléroser ses varices. Allongée dans l'attente de la piqûre, craignait-elle la fameuse secousse électrique ?

215. Ta mère avait tort de s'inquiéter. Ta nouvelle situation sentimentale ne t'empêche pas d'avoir le bac. La philosophie mène à tout, encore

un éparpillement. Certains, comme Jacques et Mado, sont admis dans la section qui prépare les futurs professeurs de collège. D'autres entrent en quatrième année d'École normale, vont devenir institutrices, instituteurs. Deux, qui veulent être profs de gym, vont au CREPS… On t'envoie au lycée Pasteur préparer le concours d'entrée à l'École normale supérieure de Fontenay. Trois ans après, tu revis cette mélancolie de fin de cycle, de mort d'un groupe. À peine remis des arrosages du bac, vous regrettez votre classe de philo.

216. On s'angoisse des mois à cause du bac. Et quand on l'a, la joie ne dure pas plus d'une semaine. Tu partages ce constat amer avec une normalienne qui cherche à se divertir : « J'ai flirté récemment avec un mignon étudiant allemand, j'ai fait quelques progrès en cette matière, mais hélas il est reparti pour les lointaines brumes de la Prusse. Je suis seule, mais, fais-moi confiance, pas pour longtemps. »

217. Brillante élève qui démêle tous les fils de la Triple-Alliance, tu te vois proposer par ton professeur d'histoire la participation à un séminaire, à Versailles, en juillet, organisé par l'Association européenne des enseignants. Il s'agit de réunir des normaliens de différents pays. Tu es flattée par l'offre et séduite par le projet. Versailles ! tu

en as vu tellement d'images dans tes collections ! Rencontrer des jeunes d'ailleurs... Miracle, Marcel Brisart ne dit pas non, comme si la succession de ses refus commençait à devenir trop visible. Au congrès de Versailles, tu bois pour la première fois du whisky et trouves ce breuvage dégoûtant. Parmi les participants, tu remarques un Luxembourgeois, grand, élégant, qui parle l'allemand aussi bien que le français. Il te remarque aussi, vous recherchez la compagnie l'un de l'autre, vous discutez beaucoup. En vous aidant de citations de Goethe, vous dissertez sur la religion, l'éducation, l'amour. Après le stage, vous vous écrivez. Dès la deuxième lettre, il veut faire cet aveu : « Je t'ai menti, j'ai été malhonnête envers toi, mais ne me juge pas trop sévèrement, comprends-moi, comprends ma faiblesse, mes raisons : je suis fiancé. J'ai esquivé ta question. Ma fiancée est normalienne, a vingt ans et s'appelle Laurence. Voilà, Anne, j'ai le cœur beaucoup plus léger, je me sens libéré de mon "méfait", mais à Versailles je jugeais plus opportun de ne pas t'en parler puisqu'une barrière de jalousie, même inconsciente, aurait pu s'opposer à notre amitié honnête et sincère que j'ai tant appréciée. J'imagine un petit bouleversement d'opinion chez toi, pense ce que bon te semble, nous aurons peut-être l'occasion d'en parler, et si tu veux je t'offre une correspondance à trois, toi, ma fiancée et moi. » Aveu de taille qui ne concernait pas seulement la bague. La Triple Correspondance n'eut pas lieu, tu fus très déçue. Mais cette déception alimenta ton interrogation, ton doute : aimais-tu vraiment Jacques ? Le Luxembourgeois écrira encore, amicalement, mais il évoquera avec mélancolie les conversations de Versailles. Tu ne recevras jamais du grand-duché un faire-part de mariage.

218. Pendant ton séjour à Versailles, Jacques t'a écrit tous les jours. Pour espérer que tu as fait bon voyage, que tu as trouvé facilement, que tu as été bien accueillie, que tu fais des rencontres intéressantes et vois de belles choses. Pour regretter de ne pas avoir de tes nouvelles, pour t'adresser mille recommandations. Il est énervant avec son genre « surtout ne prends pas froid petite fille ».

219. Entre ton retour de Versailles et l'aveu du Luxembourgeois, tu écris, enthousiaste, à Juliette qui te trouve métamorphosée. Elle s'étonne de ton lyrisme européen et s'inquiète : « J'ai l'impression que ce stage t'a fait perdre un peu la tête en te faisant faire trop de choses à la fois. Tu as changé trop rapidement de milieu et tu as cédé à une enivrante impression. J'ai peur que tu en souffres et que tu aies succombé à des chimères. Tu as découvert que tu es capable d'aimer, mais l'as-tu trouvé à cause de quelqu'un ou à cause des circonstances ? »

220. Tu as une éthique de la franchise, tu te dois de tout dire à Jacques. Tu as éprouvé pour un Luxembourgeois un sentiment, un trouble dont l'intensité te fait réfléchir. Après cette révélation, ne vaut-il pas mieux revenir à une relation amicale ? Jacques accuse le coup mais ne peut t'accuser de rien. Au contraire, il rend hommage à ta sincérité, ton honnêteté exceptionnelles. Il ne veut qu'une chose, ton bonheur. Mais l'amour qu'il a pour toi, il n'y peut rien. Il demande de ne rien brusquer, de s'en remettre au temps. Irréprochable, Jacques. Avant le stage, vous vous étiez engagés à être moniteurs dans la même colonie de vacances. Impossible de se désister.

221. Savoir si l'on aime est le problème de beaucoup de normaliennes, la question nourrit votre courrier estival. Un étudiant a donné rendez-vous à Lucette Dufour, place Saint-Pierre. Ils ont marché rue Jean-Jacques-Rousseau, quai Vieil-Picard, quai de Strasbourg, en parlant du bac, des études, des profs. Au parc Micaud, ils se sont assis sur un banc, ont parlé de disques, de films, la fraîche est tombée, il a passé un bras autour de ses épaules. Au bout d'une demi-heure de silence, ils se sont quittés. « Je ne crois pas que je l'aime, mais il me plaît beaucoup. Que dois-je faire ? »

222. Jacques ne te facilite pas les choses avec sa compréhension, sa sportivité. Tu insistes, tu veux que le message soit clair. Vous êtes redevenus des amis, pas exactement comme avant mais des amis. Tu écris à tes copines que tu as rompu. Elles te disent que tu as probablement bien fait mais que c'est dur pour lui. Avec tes parents, silence. Ils te demandent des nouvelles de Jacques, il va bien.

223. En cet été de tes dix-huit ans, tu es monitrice de colonie de vacances. Moyen de changer d'air, fuir le magasin, rencontrer d'autres jeunes, s'occuper d'enfants. À ces raisons, ajouter une rémunération de deux cent vingt-cinq francs, prix d'un électrophone que tu as repéré à Pontarlier. Ou de trente stylos Bic Grand Luxe avec bille en carbure de tungstène. Franche-Comté oblige, il s'agit d'une colonie Peugeot, installée dans le château de Clervans, à deux kilomètres du village de Chamblay, neuf de Mouchard. Dans sa lettre, le directeur montre de bonnes dispositions familiales : « Bientôt nous serons ensemble avec nos enfants. » La tenue des moniteurs est le short, celle des monitrices le pantalon. Une camionnette 403 Peugeot viendra les chercher à la gare de Mouchard.

224. Avec Jacques, tu réussis à traverser amicalement la colonie. Vous respectez les clauses du traité de Versailles. Dans la journée, vous vous

occupez de votre équipe de gamins, vous mangez avec eux. Le seul moment embarrassant est la réunion du soir, quand les enfants sont couchés. On prépare la journée du lendemain en mangeant et buvant, on plaisante, on s'amuse, serrés autour d'une table. Vous n'êtes jamais voisins. Un jour de congé, tu penses pouvoir aller à Dole avec Jacques, en faisant du stop. Vous tombez sur un fou qui écrase l'accélérateur, martyrise les pneus. Tu as peur de mourir ou d'être estropiée hors la loi puisque l'auto-stop est interdit aux moniteurs... Tu te sens seule, à la fois insatisfaite et libre. Dans les couloirs du château qui amplifient la voix, tu aimes chanter « Mes jours comme mes nuits sont en tous points pareils. » Tu écris dans ton journal : « La vie n'a pas les convives que je souhaite... J'habite à l'envers de la vie et j'attends qu'on vienne m'y rejoindre. La lisière, difficile à trouver, est facile à franchir. » Juste le temps de laver ton linge après la colonie, et tu retournes à Sarrebrück.

225. Extraits du règlement des classes préparatoires aux grandes écoles du lycée Pasteur de Besançon : « Il est strictement interdit d'introduire au lycée des livres, brochures ou journaux étrangers à la vie scolaire. Si une élève souhaite apporter un ouvrage qui ne figurerait pas à la bibliothèque du lycée, elle doit présenter cet ouvrage sans délai à Mme la surveillante géné-

rale, pour le faire contresigner… Les élèves ne sont autorisées à fréquenter ni les cafés, ni le Palais de la Bière, ni le Kursaal, ni Mazagran sous peine de sanctions pouvant aller jusqu'à l'exclusion en cas de récidive… Quand elles désireront être conduites à un bal, les élèves doivent en faire la demande et présenter l'autorisation de leurs parents au moins quarante-huit heures à l'avance. L'administration se réserve le choix et le contrôle de ces bals. »

226. Dans ta nouvelle classe, tu fais connaissance avec des garçons et des filles de milieux plus aisés, ce qui se sent d'emblée à de petites choses, un mot, un détail vestimentaire. L'une de ces bourgeoises te plaît, Lucie Emery, bisontine et externe. En paroles et en actes, sa morale est aux antipodes de la tienne. Elle aime séduire, y parvient, aime les garçons de façon expérimentale, en change souvent. Ce qui t'étonne le plus, c'est qu'elle concilie donjuanisme et sentiment. Elle a des stratégies, des calculs cyniques, mais aussi de vraies peines de cœur, non seulement des rages de chasseresse qui a perdu. Elle regarde presque avec attendrissement ton attente du mariage. Il lui serait facile d'en rire, mais elle y trouve le charme d'une survivance. Ni l'une ni l'autre n'avez envie de vous imiter ; vous aimez contempler ce qui vous dépayse.

227. Ton mari pédagogique, que tu vois toujours, est un bon copain de Jacques. Il s'efforce de servir sa cause auprès de toi. Deux cordes à son arc : dire à quel point Jacques t'aime, à quel point il souffre de la nouvelle situation que tu lui as imposée, car il est très sensible ce Jacques sous ses apparences d'ours un peu balourd, il est triste, si triste qu'il fait peur.

Tu vois Jacques un jour qu'il a bu. Pas du vin joyeux mais de la vinasse amère qui enlaidit tous les mots et celui qui les crache. Stratégie ou non d'amoureux refusé, l'effet sur toi est le même, la culpabilité. Tu te sens responsable, c'est à cause de toi qu'un garçon s'abîme, tourne tout en dérision, jusqu'à lui-même. Tu penses à ce que t'a dit ton mari pédagogique.

228. Jacques t'écrit en terminant ses lettres par « amicalement ». Lettres de camarade qui donne des nouvelles de son Solex, de ses cueillettes, de ses baignades, des connaissances communes. Surtout si ses lettres te dérangent, il faut le lui dire, il ne voudrait pas. Dans la période de rentrée, il organise chez lui, à Dole, une réunion de quelques anciens philosophes et autres normaliens qui n'avaient pas pu fêter le bac ensemble. Tu es invitée, tu acceptes. Maison décorée, musique, belle ambiance. La mère et la sœur de Jacques se disent ravies de te revoir et cela semble vrai. Il t'écrit le lendemain de la fête, seul,

mélancolique. Il fume, écoute de la musique, lit du Verlaine. Il dit que tu lui manques, qu'il ne devrait pas te le dire, mais qu'il ne peut pas faire autrement, mais que surtout ce n'est pas pour... À un chat malheureux qui vient tous les jours sur un rebord de fenêtre, on finit par ouvrir. Au bout de trois mois, il peut quitter l'« amicalement », renouer avec le poétique, l'élan lyrique, la métaphore, le vibrato de la phrase.

229. Parmi les documents qui accompagnent une biographie, on fait volontiers figurer des bulletins scolaires. Les tiens sont monotones par leur excellence. En classe préparatoire à Fontenay, au lycée de jeunes filles de Besançon, on fait encore des classements, dans chaque matière. Dès le premier trimestre, tu es première dans quatre disciplines. Dans les autres, deuxième et troisième. Pour égayer ce terne bulletin, la directrice fait un lapsus : « Félicitations du conseil de discipline ».

230. Pour le Noël 63, on t'offre des disques, Barbara, Yves Montand, valses de Vienne. Les parents de Mado lui ont donné un disque à condition qu'elle l'écoute en leur absence, Ray Charles.

231. La vie en classe prépa est réglée, répétitive, ce qui permet au biographe d'expédier six mois en quelques lignes. Beaucoup de travail, beau-

coup de lectures, dont San Antonio. Tu aimes les bals au Kursaal. De temps à autre, tu vas à Bregilley avec Jacques qui occupe la chambre dite « chambre verte » à cause du papier peint orné de nénuphars. Il t'arrive aussi, plus rarement, d'aller chez lui à Dole. Il loge en bas, toi en haut. Une nuit, pour ne pas faire craquer l'escalier, il grimpe par l'extérieur, s'accroche où il peut, entre dans ta chambre. Vous passez la nuit « en tout bien tout honneur » eût dit ta mère.

232. Résultats du concours d'entrée à Fontenay, session de 1964. Le minimum requis pour l'admissibilité était de cinquante-six points. Tu en as quarante-huit. Tu es éliminée, nettement. Inutile de mettre en cause les correcteurs ni la loterie des concours, tu regardes en face cette situation nouvelle pour toi : l'échec. Tu y vois un dur mais salubre rappel à l'ordre, une leçon de modestie. Tu te demandes si tu n'as pas atteint ta limite. N'as-tu pas entendu parler de ces coureurs cyclistes brillantissimes dans leur province et qui, recrutés par des équipes professionnelles, ne gagnent aucune course, sombrent dans l'anonymat ? Ta mère prend très bien la chose. Tu vas préparer le concours une autre année, qu'est-ce qu'une année dans une vie ? Le seul problème à ses yeux est que cela repousse d'un an ton mariage. Mariage ? Quel mariage ? Jacques pensait que tu allais être reçue, partir à

Paris. Cet échec est une bonne nouvelle, tu restes à Besançon.

233. Une autre colonie de vacances Peugeot mais sans Jacques et dans les Vosges, à Bussang, pays de la famille Pottecher, du théâtre de verdure. Rien de mémorable, à part une chasse au dahu bien mise en scène par une nuit avec lune. De là date ton amour pour le dahu et le wolpentinger allemand qui prend des formes plus variées, au point de mériter à Munich une salle de musée que tu adoreras.

234. C'est cet été-là que Jacques, après son temps de Solex, achète une voiture, une 4 CV. Il la nettoie, la bichonne, l'expertise, la corrige, l'améliore, la retouche, lui fait des prothèses. L'ingrate le trahit toujours, là où il ne l'attend pas. « C'est affolant, tout le monde se marie ! » constate Mado de Vesoul.

235. Pendant que tu entames ta deuxième année de classe préparatoire, Juliette fait un stage d'apprentie enseignante au cours complémentaire de Pontarlier. La salle qui abritait votre 6ᵉA est devenue 4ᵉC. Dans la salle qui fut votre 4ᵉB, Juliette a retrouvé ses initiales sur une table. Elle s'étonne d'interroger l'élève qui occupe sa place, se souvient de ses frayeurs quand un prof s'adressait à elle. Toujours la même odeur, la

même statue dans la même niche, le même porte-cartes. La directrice a changé mais rien n'a changé. Juliette te revoit en sixième, blouse bleue et cheveux courts. Elle n'arrive pas à « passer de l'autre côté »... Elle a connu un Allemand dans le train mais ne sait pas où elle en est.

236. Ton journal, 20 septembre 1964 : « Je traîne comme un boulet mon éducation et ma sagesse desséchante. Une débauche serait salvatrice. » J'applaudis chaleureusement.

237. Cette fois, tu décides ne ne pas mettre tous tes œufs dans le même panier, de te présenter aussi au concours d'entrée à l'École normale supérieure de l'enseignement technique, l'ENSET, qui se trouve à Cachan, encore plus près de Paris que Fontenay. Tu avais appris l'existence de cette école en lisant *Les Grandes Vacances* de Francis Ambrière. Il y est question d'un prisonnier, d'un « paltoquet qui se disait ancien élève de l'École normale supérieure de l'enseignement technique », qui écrivait dans *Le Trait d'union*, publication de propagande collaborationniste. Un type que l'oncle Jean aurait exécuté. Même si ce paltoquet ne représentait que lui-même, il ne t'avait pas donné de son école une image sympathique. Mais votre professeur de géographie, Mme C., vous avait conseillé de passer le concours de l'ENSET. Le principe en était le même que celui des autres

écoles normales supérieures : on y était fonctionnaire stagiaire, en clair on était payé, on y préparait la licence et l'agrégation. Simplement, à la sortie, on enseignait dans un lycée technique. Fille de boulanger, sœur d'apprenti boulanger, initiée au latin par le curé de Bregilley, tu n'avais pas peur du mot « technique » ni de sa connotation sociale. Et Mme C. avait des liens de famille à Morteau, avec la coiffeuse de ta tante Ida. Alors…

238. Au seuil de ta vingtième année, tu as conscience d'entrer dans une autre saison. Vingt ans, le symbole de la jeunesse dans la plénitude de sa beauté, de sa force, de sa gaieté. Juste avant la majorité, une autre apothéose, un autre bouquet. Mais tu connais la formule de Nizan. Tu vas vers des concours décisifs qui trancheront peut-être à ta place le problème de ta relation avec Jacques. Lucie Emery te souhaite une belle année 1965, beaucoup de « bonheur avec Jacques ou un autre ».

239. Il a une idée fixe, se marier (avec toi). Tu ne veux rien envisager, rien promettre, tu n'y vois pas assez clair. Si les circonstances le permettent, tu chantes « Mais pour moi d'autres firent le serment ». Tu refuses aussi les fiançailles officielles et la bague.

240. Pierrette en tout te suit avec son handicap de deux ans mais, en cette matière, elle t'a devancée. Elle est officiellement fiancée avec Jean-Pierre, un normalien, militant laïque, très engagé dans le mouvement des Francs et Franches Camarades. Un grand et mince garçon qui anime des stages, des réunions, surprend par son activité, son sens des responsabilités. Il semble avoir, dans les années soixante, l'enthousiasme et le sérieux des instituteurs pionniers, ceux qui ont créé les syndicats, les mutuelles, les patronages, les clubs sportifs. Un survivant, mais très vivant. De plus en plus, tu te trouves dans un réseau de couples, dans des groupes dont l'effectif est un multiple de deux.

241. Ton bulletin du deuxième trimestre est vierge de notes, d'appréciations. Seule la directrice écrit que tes ennuis de santé expliquent ce grand vide. Tu as « fait » une mononucléose, formulation paradoxale pour une maladie qui empêche de faire quoi que ce soit. Tu te traînais, tu étais incapable de vouloir, de décider, d'écrire même. Tu dictas une dissertation à Lucie Emery, mais le rythme des devoirs empêchait de faire durer cette aide. On parla de surmenage, de vieux surmenage, comme si tu payais en deuxième année de classe préparatoire le sérieux de toute une scolarité. Moteur trop sollicité, en surchauffe, tu craquais. On parla aussi de lan-

gueur romantique, ce qui convenait à une fille écrivant des poèmes, cultivant des idées noires, s'épuisant à force de questions métaphysiques. Tout juste si tu ne te complaisais pas dans cette pose. Comme tout le monde, ta mère passa par ces erreurs mais ton teint, tes cernes, ta faiblesse finirent par la faire penser au biologique. Enfin, des prises de sang permirent de donner un nom sérieux à ton pitoyable état.

242. Cette mononucléose te vaut une période de repos à Bregilley, bénédiction comme la convalescence du soldat après une opération de l'appendicite. Comme au temps de ta mise hors jeu pour raison maxillaire, tes amies te donnent des nouvelles de la classe. T'informent de tes notes, de l'avancée dans les programmes, t'envoient des cours. Ou te décrivent la salle d'étude au moment de l'écriture de la lettre : N. roupille sur *Bel-Ami*, M. s'amuse avec sa règle, F. et D. sont toujours côte à côte, la tête penchée sur le même livre... Le professeur d'allemand, contrarié par ton absence, ne cesse de développer une théorie sur la manière de préserver sa santé en classe prépa. Garder une distance, compter sur sa faculté d'adaptation, avancer avec sérénité, sinon crac ! (G. note tout cela intégralement comme s'il s'agissait du cours.) On te dit que tu manques, on espère que tu vas revenir au plus vite, comme c'est bien d'être malade ! Tu

brilles par ton absence, tu retournes à l'hôpital Saint-Jacques pour ta dent de sagesse, aussi dans la caisse à bois où tu retenais ton souffle pendant qu'on te cherchait. Dans cette période de grande fatigue, tu n'écris presque rien. Tu notes cependant : « La maladie est une marche arrière. »

243. Tu fais avec ta mère les promenades de jadis et de toujours, à la chapelle, au moulin, tu traînes le pas pour que ces instants de calme durent, tu ramasses un caillou en faisant semblant d'y avoir vu un fossile, tu demandes le nom d'une plante et ses vertus, tu feins d'ignorer qui habite ou habita une maison, tu admires ses volets repeints, tu t'arrêtes devant une fontaine que la municipalité a retapée, tu demandes ce que sont devenus tous les enfants d'une ferme… Ta mère prend son temps aussi, tant pis s'il y a du travail à la boulangerie, si un client attend à la porte, si Papa a dû appuyer sur le bouton de la cafetière et sortir des tasses pour accueillir des visiteurs. Pourquoi la vie n'a-t-elle pas toujours cette couleur de primevère, cette lenteur, cette douceur ?

244. Le charmant Olivier grandit. Le surmenage de son père, la fatigue de sa mère font bénéficier le petit dernier d'un espace que n'ont pas connu son frère ni ses sœurs, d'une laisse plus longue, plus lâche, souvent lâchée. Il circule dans le village, s'installe en coucou dans des maisons,

ne revient que pour les repas, et encore. En quatorze ans, tes parents et le monde ont changé.

245. On pouvait croire l'oncle José invulnérable. D'une parfaite égalité d'activité, de poids, d'humeur. Pas un mot plus haut que l'autre avec sa femme, ses ouvriers, le soleil, la pluie, la neige, le gel… Il fait une attaque sur un chantier. Ida se démène, fait des pieds et des mains, montre son mari aux plus grands pontes pour limiter les séquelles. Il ne peut plus marcher seul. Il a droit à une cigarette le midi, une le soir, il les fume avec gravité. Assis dans un fauteuil, devant une baie vitrée, il regarde la ville de Morteau, ses maisons ocre, ses toits bruns, les prairies, les sapins, dit de temps à autre les trois mots qui lui restent, « c'est beau ». C'est beau de dire encore et seulement « c'est beau ».

246. Avec Jacques, vous continuez votre vie de vieux jeune couple. Vous avez des hauts et des bas, des chauds et des froids. Tu fais de redoutables déclarations de tendresse, d'affection. Pour vos parents, vous vous fréquentez, un point c'est tout. Ils attendent les fiançailles.

« Quoique l'assiduité de celui-ci auprès d'elle ne laissât aucun doute sur le rôle qu'il souhaitait jouer dans sa vie, rien n'était officiel. » (Th. Bernardie, *Le Prix du bonheur*, collection Fama.)

247. Vous n'aviez ni l'un ni l'autre lu *Adolphe*, quel dommage ! Les analyses de Benjamin Constant vous auraient fait gagner du temps dans la compréhension de vos tourments. Il vous aurait sauté aux yeux que tu vivais les affres de la difficulté de rompre, d'un déséquilibre des sentiments, d'une culpabilité. Tu étais Adolphe, Jacques était Ellénore : « Je convins que j'avais pour Ellénore du dévouement, de la sympathie, de la pitié ; mais j'ajoutai que l'amour n'entrait pour rien dans les devoirs que je m'imposais. [...] Je voulais être plus doux, plus tendre avec elle, pour conserver au moins des souvenirs d'amitié. [...] Je ne me séparais pas sans un vif regret d'un être qui m'était si uniquement dévoué. Il y a dans les liaisons qui se prolongent quelque chose de si profond. Elles deviennent à notre insu une partie si intime de notre existence ! Nous formons de loin, avec calme, la résolution de rompre ; nous croyons attendre avec impatience l'époque de l'exécuter : mais quand ce moment arrive, il nous emplit de terreur, et telle est la bizarrerie de notre cœur misérable que nous quittons avec un déchirement horrible ceux près de qui nous demeurions sans plaisir. » Ces paralysies peuvent durer. L'internat, espaçant les rencontres, ralentit l'évolution du processus. L'amoureux envoie chaque jour une lettre, une longue lettre le pauvre. On répond avec l'encre de l'affection, voire de

l'amitié, mais on est tenu à une forme de tendre gentillesse qui alimente l'espoir.

248. « Je ne veux surtout pas de pitié ! » crie-t-il tout en la préférant à l'abandon. Il devrait ajouter « Je ne veux surtout pas de reconnaissance ! » Car ce sentiment joue un grand rôle dans ce qui te retient. Tu lui dois toute cette attention, tous ces égards, cette patience, en un mot cet amour que tu doutais de pouvoir susciter. Il t'a donné la preuve que tu étais aimable et là devait s'arrêter son rôle, mais on ne déchire pas une page de vie comme une page de journal intime. Et le temps passe. Quand vous vous voyez avec des amis, l'ambiance de fête vous anesthésie, la présence des autres empêche toute explication douloureuse. Avec des raisons différentes, vous comptez l'un et l'autre sur le temps. Qui continue de passer, ossifie vos habitudes et votre image de couple. La tante Ida fait des escargots pour Jacques, pense déjà à ta robe de mariée.

249. Tu t'imagines disant à la tante Ida que tout est fini entre Jacques et toi. Elle dirait quelque chose comme : « C'est toi qui sais, ça vaut mieux que d'être malheureuse pendant des années. » Elle penserait quelque chose comme : « Tu aurais pu t'en apercevoir plus tôt. Ce n'était pas la peine de nous amuser deux ans. Je m'étais habituée à lui, il était gentil. »

250. Il arrive que Jacques explose. Tu cherches à le pousser à la faute en lui adressant des reproches sur le terrain de la communication. Il se tait quand il faudrait parler, il parle quand il faudrait se taire, utilise des mots maladroits, inadaptés. Il se débat dans tes filets de rhétorique, se met en colère. Il plie et ne rompt pas.

251. Publicité pour un ruban adhésif. « Au cours d'une de ces disputes stupides comme en connaissent les meilleurs ménages », une photo de mariage se trouve déchirée. Que faire quand on est réconciliés et penauds devant les morceaux ? Grâce au ruban adhésif invisible qui ne jaunit pas, ne se rétracte pas, la photo de mariage réparée peut retrouver sa place dans un cadre.

252. Sylvie Vartan et Johnny Hallyday donnent l'exemple, se marient dans l'église de Loconville, se font photographier au pied de l'escalier de leur château, en habit et robe longue de style Restauration (vingt mètres d'organdi, quatre cents mètres de valenciennes). La fille d'honneur est la fille de l'adjudant de Johnny (il fait son service militaire et a douze jours de permission). Sur la photo de famille, le père de la mariée a une drôle de dégaine, jambes écartées, pantalon en accordéon, petite moue, canne qui

ne doit rien au dandysme, comme un élément de farce dans une scène de convention.

253. Serge ne s'est pas entendu avec son patron de Morteau qui a mal supporté d'avoir comme apprenti un fils de boulanger, quelqu'un qui croyait déjà tout savoir. Ils se sont quittés avec des mots. Maintenant Serge travaille à Besançon, dans une boulangerie de Battant. Il revient le dimanche matin, à vélo, quarante kilomètres, arrive en sueur, affamé, mange avec un lance-pierres, vomit, dort, reprend le vélo pour être revenu avant la nuit. Certains dimanches, il ne remonte pas à Bregilley, ne prévient pas. Il faut attendre jusqu'au lundi : si le patron n'appelle pas, c'est que son apprenti est au travail. Ta mère ne vit plus.

254. Y a-t-il un nouveau mal du siècle en 1965 ? Une choriste de l'École normale t'écrit qu'elle est dégoûtée par les garçons et les filles de son âge : « Ils s'ennuient continuellement, le déplorent mais ne font rien pour en sortir. Ils attendent que tout vienne à eux. Ils ont l'air de refuser l'ennui mais ne font rien pour lui échapper. » La jeunesse s'ennuie, 1968 approche.

255. Les élections présidentielles ne te passionnent pas. Tu n'es pas majeure, pas électrice, mais surtout, tu es sûre que de Gaulle sera

candidat et élu. Jacques est pour Duhamel et Lecanuet. Marcel Brisart, pendant un repas, ne peut s'empêcher de parler politique. Il sent bien que Jacques n'est pas gaulliste, le provoque. Conscient de l'inutilité et du péril, Jacques ne veut pas argumenter. Malgré tout, de part et d'autre, une irritation, une dégradation de la bienveillance.

256. Tu as vingt ans, la reine d'Angleterre va voir le mur de Berlin, le ministre Christian Fouchet veut réformer le bac (« ce n'est pas un barrage, c'est une barre », dit-il), Samantha Eggar obtient le premier prix d'interprétation féminine à Cannes, une publicité Total est très moche (grosse main poilue, un index s'enfonce dans un désert, le pétrole jaillit), Cassius Clay envoie Liston au tapis en cinquante-sept secondes, le roi d'Afghanistan, Zahêr Chah, est en visite à Paris, Rennes bat Sedan en finale de la coupe de France de football, sur les écrans *Alphaville* de Godard, on redonne *La Règle du jeu* de Renoir, au théâtre de la Commune d'Aubervilliers on monte *La Mort d'un commis voyageur* d'Arthur Miller, la Callas a une défaillance pendant une représentation de *Norma*, tu as vingt ans, tu as l'âge de la bombe atomique.

257. Pour tes vingt ans, ta mère t'offre de te faire photographier chez Stainacre, à Pontarlier.

Tu ne sais plus si c'était toi qui lui avais suggéré l'idée, au demeurant excellente. Les garçons se faisaient portraiturer en conscrits, en soldats ; il était bien qu'une fille fixe dans une œuvre d'art la beauté de ses vingt ans. Une coiffeuse du quartier de l'hôpital, qui te connaît bien et aime s'occuper de tes cheveux, s'applique particulièrement. Tu mets ta belle robe noire et verte (mais la photo est en noir et blanc). Fleur de tissu sur la poitrine. Pommettes fruitées, bras nus, regard brillant, un grand charme qui ne doit pas tout à ton âge. Le photographe est tellement heureux du résultat qu'il fait un agrandissement, l'expose dans sa devanture avec ses meilleures images de mariés et de paysages du Doubs. Il a l'élégance de t'offrir ce portrait grand format.

258. Tes parents sont d'accord, tu feras une grande fête à Bregilley, pour tes vingt ans, en juillet, quand les examens et concours seront terminés. Longtemps à l'avance, tu invites beaucoup de monde, Marie-Noëlle, Jean-Paul Bichet, Pierre Billod, Juliette, des normaliennes, ton mari pédagogique et sa fiancée, Mado, la moitié de la classe de Fontenay. Jacques, cela va de soi.

259. Résultats du concours d'entrée à Fontenay, session de 1965. Le minimum requis pour l'admissibilité est cinquante-huit points, tu en as

cinquante-sept. Ton dix-huit en dissertation te console un peu. Heureusement, tu avais appris quelques jours avant ton admissibilité à l'ENSET.

260. Elle avait raison Mme C., il ne faut pas négliger l'enseignement technique. Dans l'immédiat, il t'offre une planche de salut. Les programmes de Fontenay et de l'ENSET ont une partie commune. Donc une partie qui ne l'est pas, qui t'inquiète, mais il est trop tard. Jacques te conduit à Cachan. Tu loges dans le bâtiment F (comme « Filles ») qui, au moment où s'écrit cette biographie, est devenu le plus grand squat de France. Tu commences à en avoir assez des examens, des concours. Ton père ne réalise pas à quel point c'est un travail, une fatigue. En histoire, tu tires « Les Cent-Jours ». En retard comme d'habitude, cette fois-ci d'un mois, tu situes le 1er avril le débarquement au Golfe-Juan et organises ton calendrier à partir de cette erreur initiale. Napoléon revient à Paris le 20 avril, la plaine est morne à Waterloo le 18 juillet. Le jury attire ton attention sur le fait que Napoléon a abdiqué le 22 juin. Tu comprends, tu te défends en disant qu'à partir du moment où le débarquement avait eu lieu le 1er avril, tout le reste en découlait. Te souvenant d'une lettre de ta mère, tu as pensé « Qu'est-ce qu'un mois dans la vie d'une nation ? » Le jury a apprécié ta cohérence. Avec un mois de déca-

lage, tout était juste, précis, érudit. Tu as même fait au tableau un croquis en couleurs représentant cette bataille de Waterloo sur laquelle tu en savais beaucoup plus que Fabrice del Dongo et Napoléon. En géographie, médiocre prestation sur les masses d'air. En français, tu commentes une scène de *La Reine morte*...

261. Pour partager la joie ou la tristesse, Charlie, maintenant à Centrale, t'accompagne le jour des résultats. Ton erreur en histoire, ta légèreté en géographie, l'inconnu des notes de l'écrit, tu n'y crois pas. Tu commences à lire la liste des admis par la fin, remontes doucement, tu y crois de moins en moins, tu vas jusqu'en haut, tu es première. Avec Charlie, tu vas au restaurant et au théâtre, voir Laurent Terzieff, ta vie parisienne commence. Tu es vraiment heureuse d'être reçue, d'être reçue première. Un peu de vanité, surtout la plénitude d'un achèvement. Tu es justifiée, tu as fait tes preuves. Les études continuent mais, désormais, tu n'en attends rien d'autre que les études.

262. Lucie Emery aussi est reçue, ce qui te réjouit. Là-bas, votre amitié va pouvoir continuer en prenant un nouvel aspect. Vous serez deux payses, deux comtoises, deux anciennes du lycée Pasteur de Besançon, au milieu de nordistes, de

sudistes, de gens de l'Ouest ou du Centre. Vous vous appelez mutuellement « l'amie Bidasse ».

263. Entrant à l'ENSET, tu vas devenir fonctionnaire stagiaire et percevoir enfin un salaire. Ce que tu avais reçu comme monitrice de colonie de vacances n'était qu'argent de poche. Tel est le principe des études, il faut disserter sur Ronsard, Platon et Schopenhauer pour un jour gagner sa vie. Maintenant tu atteins l'indépendance. Tu t'offriras le livre et la robe qui te feront envie sans les inscrire sur la liste du Père Noël. Tu réfléchis à tes premiers achats. Pour toi, un bel appareil photo. Pour tes parents, deux fauteuils. Pendant des années, ils ont regardé la télévision soit assis sur des chaises, soit au lit. Il leur manquait cet intermédiaire. Surtout, tu veux leur envoyer ce message, cette invitation : « Travaillez moins, reposez-vous un peu. Vous avez une fille tirée d'affaire, profitez-en pour lever le pied ! »

264. Lucie Emery voit moins positivement l'avenir. La libertine a peur de la liberté, des responsabilités qu'elle va devoir assumer seule. « J'ai l'impression de devenir adulte et c'est assez désagréable. » Elle pense que ta relation avec Jacques ne résistera pas à la séparation, elle le souhaite, veut te préparer à de nouvelles possibilités : là-bas tu vas sortir, faire de nouvelles rencontres, aimer...

265. La correspondante de *L'Est républicain* estime que ce succès à un concours national mérite un article. Sitôt pensé, sitôt fait, la nouvelle se propage dans les fermes, traverse les bois, même les écureuils sont au courant. Un paysan de la montagne venu au pain dit à ton père : « Il paraît que ta fille a été reçue la première de France ? » Le boulanger avoue, et pleure.

266. Il te faut choisir ta voie : quelle licence, quelle agrégation ? Littérature française ou allemand ? Tu choisis l'allemand pour ne pas avoir de dissertations à corriger. En deuxième année d'ENSET, tu passeras six mois en Allemagne et cette perspective te plaît. Cela amène ta mère à s'interroger sur la date de ton mariage, avant ou après ce séjour ? Avant ou après, l'inquiétude est la même, une naissance. « Je sais bien que ce n'est pas une catastrophe, non, mais en étudiant, cela pose un certain problème. » Pour la rassurer, tu lui dis que tu n'es pas pressée, et tu ne la rassures pas.

267. Tu retournes au lycée Pasteur pour ranger tes affaires, finir l'année en roue libre jusqu'à la distribution des prix où tu seras la vedette. Moments de lenteur, de douce langueur. Tu imagines qu'un sportif, au lendemain d'une victoire,

doit se trouver dans cet état de fatigue heureuse… Tu es assise sur un banc, au soleil, et la surveillante générale vient droit vers toi : le fiancé de Pierrette est mort dans un accident de voiture. Elle transmet les consignes de ta mère, remonter à Bregilley avec Pierrette mais ne rien lui dire.

268. Ta mère voulait être là au moment où Pierrette apprendrait, et la terrible tâche lui revenait. Tu trouves Jacques qui peut vous conduire en voiture. À l'internat de la Citadelle où l'administration est informée, on laisse sortir l'élève Pierrette Brisart qui ne comprend rien. Atroce voyage pour ceux qui savent, celle qui ne sait pas mais, dès la première côte au sortir de Besançon, imagine. « Maman a téléphoné à la surveillante générale qu'il s'était passé quelque chose de sérieux, mais je ne sais pas quoi » dit l'aînée.

269. À mi-parcours, vous voyez arriver en face la voiture de Marcel Brisart. Tes parents se rendent à Vercel où a eu lieu l'accident. Vous vous faites signe, les deux voitures s'arrêtent, c'est au bord de la route que tout se dit, que tout se pleure. Jean-Pierre s'est endormi au volant, en revenant d'une réunion tardive, ce qui en fait presque un martyr militant. Il y avait eu la fille des gardiens de Pontarlier, la normalienne écrasée par un bus. La foudre avait frappé des

maisons voisines, maintenant elle frappe ta propre maison, ravage tout.

L'enterrement a lieu le jour de la distribution des prix. La directrice est très fâchée de ton absence. Tu annules la grande fête prévue pour tes vingt ans.

270. Un flot de chagrin et de rage entraîne la famille Brisart, que la souffrance rend folle. On lave la vaisselle avec des larmes d'acide, ça pleure, ça se tait, ça crie. Surtout contre toi. Ce n'est pas contre Pierrette que l'on peut crier, après ce qui lui est arrivé. Tu ressens exactement que tu es le paratonnerre, que toute l'électricité passe par toi. Tu es reçue brillamment à ton concours, tu as un fiancé ou un faisant fonction. Pierrette peine dans ses études et perd son fiancé, quel déséquilibre, quelle injustice ! Puisque tu avais réussi tes études, c'est ton fiancé qui aurait dû mourir. Il est monstrueux de poser le problème comme une équation, mais tu es sûre qu'une part de la vérité réside derrière cette approche mathématique, scandaleuse. Tes parents ne te supportent pas, et la réciproque est vraie. Mme Michelet t'écrit que tu devrais faire des efforts. « Essaie de te mettre à leur place. Une maman c'est d'un prix inestimable. Ne te prépare pas des regrets en étant dure avec elle. C'est une des batailles de la vie, lorsque l'enfant veut voler de ses propres ailes. Pars, vole, mais sans faire de mal. » Tu voues à

Cécile Donier, cuisinière à la colonie de vacances, femme de cantonnier, une reconnaissance perpétuelle pour avoir été la seule à savoir te dire : « Ce n'est pas facile pour toi, ces temps-ci. »

271. Dans les colères paternelles, le plus douloureux est l'insulte visant la santé mentale. Quand il dit « marteau », « maboule » ou « cinglé(e) », ce ne sont pas des figures de style. La véhémence et l'adjonction d'un adverbe (« complètement ») expriment une réelle conviction. Il incarne la Normalité et ses cibles se situent dans le camp du pathologique. L'humanisme veut qu'il conseille de se soigner, mais on sent bien que ces soins exigeraient un séjour dans un lieu spécialisé. En ce qui te concerne, l'insulte évoque tes études, ta fréquentation des livres et des idées. Il se reproche de t'avoir « mise aux écoles ». Car tes études sont le fait de la bonté paternelle, une bonté bien mal récompensée. Quand il est calmé, il oublie ce qu'il a dit. Pour les autres la trace demeure, une brûlure, un coup de fouet. Le temps ne peut pas faire son travail de cicatrisation puisqu'il vient toujours une autre insulte.

272. Un sévère incident se produit entre Marcel Brisart et l'étudiant à la con qui fréquente sa fille. Les deux tourtereaux voulaient aller se promener, ils ne pensent qu'à ça les jeunes. Le père, le patron s'y est opposé : il avait besoin de

sa fille au magasin. Quant à l'amoureux, s'il voulait se rendre utile, il n'avait que l'embarras du choix, jardin, bois à scier, maçonnerie. « Vous ne faites que ce qui vous plaît, ça ne peut plus durer, on ne fait pas toujours ce qu'on veut dans la vie, il faut penser aux autres ! » Atteint dans sa liberté et sa virilité, l'amoureux a répliqué en évitant de justesse les insultes mais fait valoir que vous aviez le droit de profiter de vos vacances. À ce mot, Marcel Brisart devient rouge et s'embarque pour une autre tirade. Comme tu essaies de placer un argument, tu t'entends dire que tu n'es pas majeure et reçois une gifle. L'amoureux met brutalement fin à son séjour, part sans claquer les portes de la maison ni de sa voiture, mais diplomatiquement c'est tout comme. « Je ne le croyais pas comme ça ! » dit Marcel Brisart en regardant partir la 4 CV.

273. Dans ses lettres, Jacques écrit désormais « Monsieur ton Père », ne se gêne pas pour dire ce qu'il en pense : un minable tyran, un réactionnaire, un parfait imbécile. Il se montre moins sévère avec ta mère mais lui reproche de ne pas s'opposer à son mari, d'être sa complice. Faible et hypocrite. L'incident lui donne de nouvelles raisons pour parler mariage. Il faut qu'il te tire de là, t'arrache à ces travaux forcés et à cet air irrespirable. Ta liberté passe par là. Une bénédiction, une photo, un gueuleton et *adios*. Plus

que jamais, il se donne le statut de fiancé : « On ne traite pas comme ça le fiancé de sa fille ! » En attendant, il ne veut plus séjourner à Bregilley. Il n'acceptera que le café quand il viendra te chercher et te raccompagner. Ne veut plus manger, ne veut plus rien devoir à « Monsieur ton Père ».

274. La gifle que tu as reçue devant le tas de bois et la scie, il ne la pardonnera jamais. Toi, tu n'es toujours pas pressée de te marier. Le biographe le mieux intentionné peine à justifier ton attitude. Il ne peut pas tout mettre sur le compte de ta mononucléose, maladie qui use la volonté sur une longue période. Tu te laisses embrasser et caresser par un garçon que tu n'aimes pas vraiment, en attendant mieux. Inconsciemment, fonctionnellement, tu as besoin d'un chevalier servant qui t'assure une normalité sociale, prouve que tu es aimable alors que tu en as longtemps douté. Il est confortable d'avoir un chauffeur attentionné, dommage qu'il veuille se marier. Ton succès au concours et ton départ pour Paris ouvrent une fenêtre, une meurtrière dans la tour où tu t'es laissé enfermer. Vos rencontres vont s'espacer, le temps va devenir un allié. Jacques se rend compte du danger, propose comme date de mariage août 1966. Il veut que cet été 1965 soit le dernier de votre célibat, de votre dépendance des parents et de la veuve Poignet. Il sent que ta vie

parisienne va être pleine de dangers, il lui faut une perspective, un calendrier, une feuille de route.

275. Quand vous vous disputez, tu crois le voir tel qu'il est, généreux, entier, confortable, protecteur mais épais, raisonnable, sérieux. Tel qu'il sera ses études finies, quand il aura changé de voiture, fumera de meilleurs cigares dans un bureau aux livres bien rangés.

276. En plus de ton mari pédagogique, Jacques a une alliée en la personne de Mado. Elle est amoureuse d'un garçon tourmenté, coléreux, imprévisible. (Elle chante « Je l'ai tellement dans la peau ».) Elle t'envie d'être aimée par un garçon solide, bon, régulier, reposant. Elle pense que tu ne mesures pas ta chance, que tu es dure avec lui.

277. Si tu avais épousé Jacques, je ne serais pas en train d'écrire ce livre. Si Serge ne s'était pas tué dans un accident de voiture en 1970, je lui demanderais comment il voyait celle qu'il appelait « ma sœur ». Si la Roche du Vieux s'était appelée la Roche de la Vieille, cela n'aurait rien changé. Si j'avais su, j'aurais davantage parlé avec Gisèle Alf. Si ton oncle Jean n'était pas mort, je l'interrogerais sur la Résistance, sur le partage fait par Joseph Brisart entre les deux garçons et la fille. Si

la tante Ida en avait eu, ton oncle José eût été un autre.

278. Comble de la solitude, de la souffrance, de la tendance paranoïde du scorpion (l'animal et non le signe astrologique), tu t'envoies à toi-même une carte de vœux le 26 juillet, jour de ta fête. « Ma chère Anne, à vrai dire, je suis assez embarrassée pour t'écrire. Je pourrais bien sûr commencer par te souhaiter une bonne fête et me poser ensuite le problème. Mais vois-tu, c'est fait déjà et je ne vois vraiment pas quoi te raconter que tu ne saches. Je sais que tu n'es pas très en forme ces temps-ci et que ton moral reçoit de rudes assauts, mais que veux-tu que je te prodigue comme paroles de consolation ? Tu ne serais pas dupe. Attends que ça se passe, si toutefois il est une possibilité d'échapper à une situation close. Mais à défaut de guérison, il y aura peut-être des améliorations. Évidemment ta sœur est mieux considérée que toi. Elle a reçu un rude coup, il est normal qu'on lui manifeste un regain d'affection. Toi-même te mets en frais. Ce qui l'est moins, c'est que l'on retire à l'une ce que l'on donne à l'autre et que tu doives encaisser plus de rebuffades et de griffures qu'à l'ordinaire. Ce n'est pas rose d'enfiler des semaines où un éclat succède à une blessure, où à tes questions nulle réponse n'est accordée. Ou bien une monosyllabe, quelle grâce, devrait te porter aux nues et

te démontrer que tes plaintes ne sont que des “idées”, et les motifs de ta souffrance une illusion. Il faut reconnaître cependant que la franchise aiguë de ton caractère et l’intransigeance brutale de tes exigences ne sont pas faites pour améliorer la situation. D’accord, tu en as assez des concessions et des gestes silencieux passés inaperçus, tu es lasse de ce réseau d’incompréhension tissé autour de toi, mais essaie une ultime fois de te taire avec persévérance, efforce-toi de t’enterrer aux yeux des tiens. Fais la dupe et joue comme si, au cas où ce pis-aller se transformerait en solution durable. Personne n’a jamais su les gestes que tu attends depuis si longtemps. Tais-toi. Le bonheur n’était pas où on le plaçait pour toi. Patiente, et peut-être pourras-tu refaire un bonheur avec des débris. On s’est fait une bonne conscience en décrétant que tu jouais les martyres, puis que tu avais mauvais caractère, et l’on s’est bien gardé de regarder plus loin. Pourtant, n’est-il pas important que ses enfants soient heureux ? Je puis le dire : je n’ai jamais été véritablement heureuse, et j’avais des aptitudes au bonheur. Mais je ne le dirais pas à n’importe qui. Bah, de bonnes journées t’attendent encore, ça ne peut pas manquer. Bonne fête donc, et ne t’en fais pas. Anne. »

279. Atroce été 1965. Elles se cachent dans les fissures des planchers, sous les éviers et les bai-

gnoires, derrière les meubles et quand elles ont faim elles jaillissent et piquent, les puces des publicités antipuces. Elles nichent dans les garde-robes, les penderies, les armoires, les placards où elles forniquent, les mites des publicités anti-mites. Olivier collectionne les voitures miniatures, Volvo Sport P 1 800, Jaguar MK 10, Alfa Romeo Giulietta. Pure Laine Vierge, protégez-nous. À la réception donnée par de Gaulle le 14 Juillet, des gorilles portent la jaquette, Papon protégez-nous. Des impuretés menacent la santé de nos gencives et de nos dents, Hexachlorophène protégez-nous. Les poils de brosse à dents ont des aspérités dangereuses qui raient l'émail, Poil Arrondi protégez-nous. Defferre ? Mendès ? Guy Mollet ? Mitterrand ? Voulez-vous rester jeune ? Non.

280. Le directeur de la colonie de Bregilley te demande si tu peux, au pied levé, remplacer une monitrice malade. Tu sembles lui rendre service en acceptant, mais cette occupation imprévue est une aubaine. Passer la journée avec des enfants, la soirée avec des jeunes, stratégie d'évitement qui fait aussi passer le temps plus vite avant le grand départ. Les années précédentes, tu étais monitrice dans des paysages inconnus. Cette fois, tu es dans ton village, dans ton domaine dont tu connais toutes les ressources, toutes les possibilités de jeux de piste, de « découverte du milieu ». Quand

tu passes sur la montagne avec ton équipe, on vous fait entrer, on vous montre la ferme, on vous offre du lait. Tu sors toujours avec une flore pour initier les enfants à l'herborisation, tu penses aux promenades végétales avec ta mère, aux cueillettes avec Marie-Noëlle, tu fais une boucle dans un brin d'herbe. Parmi les moniteurs, pas de Raphaël.

281. Fin août, une lettre de Juliette te fait pleurer une journée entière : « Je suis enceinte, j'aurai mon bébé début janvier. Je ne peux pas me marier pour un tas de raisons. Voilà, c'est l'histoire classique, mélo, minable. Je ne me suis jamais sentie aussi malheureuse, ratée. Et pourtant j'ai très envie de l'avoir ce gosse. J'espère de tout cœur que ce sera un garçon et qu'il ressemblera à son père. Je suis aussi ridicule que bête, n'est-ce pas ? »

282. Une normalienne que tu avais perdue de vue t'écrit ses impressions de jeune institutrice : « Ce n'est pas très drôle de se retrouver seule en face de son assiette, surtout quand on a eu l'habitude du régime communautaire. Il y a des soirs où je n'ai même pas le courage de me faire à souper. Je n'ai pratiquement aucun rapport avec les gens du pays. Le soir, aussitôt ma classe préparée, je me couche pour ne pas sentir la solitude. Je ne prends même plus le temps de

faire autre chose que mon travail de classe. Personne à qui parler, c'est déprimant. À tel point que je regrette l'École normale. »

283. Mado de Vesoul a été nommée dans un collège à Baume-les-Dames. C'est une jeune mariée inquiète, triste. Les scènes se multiplient dans ce qu'elle peut maintenant appeler son ménage. Elle a perdu son entrain, sa joie de vivre. Elle n'écoute plus de jazz, ne lit plus Marcel Proust. « Un mari, un appartement, une voiture… Il faut penser à tant de choses ! Je deviens raisonnable, quelle horreur ! »

284. Marie-Noëlle fait des études pour devenir assistante sociale, tu ne la vois plus. Marie-Noëlle, Juliette, Mado, que sont tes amies devenues ?

285. Pas de trousseau à préparer comme pour l'entrée à l'École normale, mais beaucoup à penser en vue de l'installation dans une chambre, loin. Fini, le temps où la mère transmettait une valise de linge par l'intermédiaire de quelqu'un du village qui descendait à Besançon. Tu comprends ce que ressent Lucie Emery, mais tu es heureuse d'affronter Paris. Non à la manière de Rastignac ou Rubempré, tu n'as plus d'ambition littéraire. Avant de partir, tu veux passer quelques jours chez la tante Ida qui te cajole particulière-

ment. Dans sa pile de magazines, tu apprends que Minou Drouet est devenue infirmière.

286. Tu regardes ce que le Guide bleu dit de Cachan. 273 hectares, 23 695 habitants, dans la vallée de la Bièvre. Quelques restes du château de Mme de Provigny (XVIe siècle). Hôtel de ville dominé par un beffroi de brique. Dans une propriété où habita Raspail, un hospice de vieillards. Églises des années trente… C'est surtout Paris qui te fait rêver, la ligne de Sceaux, la cité universitaire, le Luxembourg à quelques minutes, les cinémas, les librairies… Tu pourras aller voir la tante Élisabeth à Montmartre, et vous irez au théâtre en vous donnant le bras, en riant comme le jour du mariage d'Olivia, devant l'homme nu du tableau.

287. Tom Simpson gagne le championnat du monde cycliste mais Marcel Brisart est ému, jusqu'aux larmes, par la victoire, chez les amateurs, d'un petit Breton, inconnu, ostréiculteur à La Trinité-sur-Mer, dix-huit ans. Le lendemain de l'épreuve, Jacques Botherel a repris le travail dans son parc à huîtres. Marcel Brisart aime ces destinées, comme celle d'Hervé Vilard, le petit gars de l'Assistance qui triomphe avec « Capri, c'est fini ». Le docteur Schweitzer et Le Corbusier meurent, tu emplis tranquillement tes valises. Capri, c'est fini.

288. Ton biographe a préparé le même concours, a été admis. Il n'a pas de fiancée pour le conduire à Cachan. Il a pris le train à Cherbourg, puis le métro jusqu'à la station Bagneux. Dans le hall de l'école, il est surpris par une fresque de Jacques Villon, qu'il connaissait comme caricaturiste. Un jour d'octobre, jour de rentrée de la promotion, le biographe et son sujet se trouvent dans le même amphithéâtre.

Je suis perché au dernier rang, pour voir l'ensemble. Dos, nuques, profils. Tu es tout en bas, entre l'estrade professorale et les gradins, les bras chargés de papiers que tu dois distribuer : c'est le rôle d'un major. Tu t'es fait des nattes, mais on sent que tes cheveux accepteraient une plus grande liberté. Rubans de velours orange, chemisier blanc, veste en laine marron, de toute évidence un produit maison mais une belle veste, d'un confort communicatif, chaud avec juste ce qu'il faut de grattant. Très entourée, tu parles beaucoup et vite. Je suis intrigué par un accent dont j'ignore l'origine, par une vivacité piquante. Et, comme je descends pour prendre la feuille que tu dois me donner, par la beauté d'un front, d'une bouche, d'une peau. Après, cela ne regarde personne.

Ce volume a été composé
par I.G.S.-CP à L'Isle-d'Espagnac (Charente)
et achevé d'imprimer en octobre 2006
sur presse Cameron
par ***Bussière***
à Saint-Amand-Montrond (Cher)
pour le compte des Éditions Stock
31, rue de Fleurus, 75006 Paris

Imprimé en France
Dépôt légal : novembre 2006
N° d'édition : 76337 – N° d'impression : 063600/4
54-51-5956/5